हनुमान पुराण

विवेक कुमार पांडे शंभूनाथ

क्रम-सूची

प्रस्तावना

इस किताब में हनुमान पुराण है। इस किताब में हम जानेंगे कैसे हनुमान जी का जन्म हुआ और हनुमान जी ने लंका में डंका कैसे बजाया। इस किताब को लिखने के दौरान कोई भी धर्म या जाति एवम् किसी भी परिवार के सदस्य को नुक्सान नहीं पहुंचाया गया है। हम किसी को भी ठेस नहीं पहुंचाना चाहते हैं।

भूमिका

लेखक जीवनी :

मेरा नाम विवेक कुमार पांडे है और मैं एक लेखक हु , में गुजरात के सुरत में निवास करता हूं.मेरा जन्म ३० सेप्टेंबर २००२ में हुआ था, और मुझे बचपन से एक्टर बनने का सोख रहा है और अभी भी है.। में कभी ये नहीं सोचता की लोग क्या कर रहे हैं में ये सोचता हूं कि में क्या कर रहा हूं, में आज सफल हूं तो अपने पापा की वजह से आज वो रहते तो उन्हें बहुत खुशी होती , वो सदा और हमेशा मेरे साथ रहेंगे.। मेरे रियल लाइफ के सुपरस्टार और सुपर हीरो मेरे प्यारे पापा है । आई लव यू पापा । पापा को मेरे हाथ कि चाय बहुत अच्छी लगती थी ।

जब उनका मन करता था चाय पीने के लिए तो वो कहते थे । मुझे चाय पीना है कौन बनाएगा मम्मी कहती में बना देती हूं लेकिन पापा कहते नहीं मेरा बेटा बनाएगा । उसके हाथ कि चाय मुझे बहुत अच्छा लगता है । जब भी काम करके घर आने वाले होते हैं तब मुझे फोन करते है विवेक बेटा बोलो क्या खाओगे सेब ले लु । में कहता ठीक है पापा ले लिजिए । पापा कहते कितना लू एक किलो या 2 किलो । में कहता नहीं पापा सिर्फ में ही खाता हूं भईया और दीदी को फल अच्छा ही नहीं लगता है इसलिए 3 सेब ले लेना । लेकिन पापा मेरे लिए दो तीन किलो फल लेकर आ ही जाते थे । पहले ले लेते फिर मुझे फोन करते । हमेशा ऐसा ही करते थे ।

में ये नहीं कह रहा हूं कि मुझे बहुत ज्यादा प्यार और मानते थे । वो अपने तीनों संतानों को प्यार करते थे । सबसे छोटा तो में ही था घर में , मुझसे बड़ी मेरी बहन और मेरी बहन से भी बड़े मेरे भईया । में आज भी वो दिन का इंतजार कर रहा हूं जब पापा मेरे लिए कुछ लेकर आएंगे । मेरे कान तरस रहे है वो आवाज़ सुनने के लिए । लेकिन कहते हैं जो चीज चली जाए वो कभी लौटकर नहीं आती है । आप सभी से निवेदन है आप अपने मम्मी और पापा का ध्यान रखें । दुनिया में एक ही भगवान है वो है माता ओर पिता ।

में बहुत ही शरारती था बचपन में । मुझे किताब लिखने का शोख बचपन से ही था । जब में तीसरी कक्षा में पढ़ता था । तब से ही किताब लिखता था में और मेरा दोस्त हम दोनों किताब लिखके सभी को दिखाते थे और कहते थे जिन्हें मेरा किताब अच्छा लगे तो अपना हस्ताक्षर कर दे । मेरे अंदर एक बहुत ही खास विशेषता है में किसी के चक्कर में नहीं रहता हूं । कौन क्या कर रहा है करने दो मुझे कुछ फर्क नहीं पड़ता है । मुझे सिर्फ अपने आप पर ध्यान देना है ।

क्योंकि दुनिया में ऐसे भी लोग हैं जो नहीं खुद कुछ करना चाहते हैं और नहीं दुसरो को कुछ करने देना चाहते हैं । एक बात ध्यान रखें अगर आप कोई भी नया काम करते हैं तो पहले लोग ताना मारते ही है । ये मत करो वो मत करो तुम्हारे बस कि बात नहीं है , तुम नहीं कर सकते हो . मुझे यह पता नहीं चलता लोग इतना सुझाव क्यों देते हैं । हमें जो करना है

हम वहीं करेंगे । कई लोग हैं जो दुसरो के कहने पर वही करते हैं लेकिन मैं आपसे कह रहा हूं आप जो करना चाहे वो करे किसी के कहने पर खाई में मत कुदे । आपकी जिंदगी आपके ही हाथों में है लोगों के हाथों में नहीं है ।

मेरा बस एक ही सपना है की में नाम कमाकर अपने पिताजी का अधुरा सपना पूरा करूं ।

1

कैसे हुआ हनुमान जी का जन्म

यूं तो भगवान हनुमान जी को अनेक नामों से पुकारा जाता है, जिसमें से उनका एक नाम वायु पुत्र भी है। जिसका शास्त्रों में सबसे ज्यादा उल्लेख मिलता है। शास्त्रों में इन्हें वातात्मज कहा गया है अर्थात् वायु से उत्पन्न होने वाला।कैसे हुआ हनुमान जी का जन्म .

पुराणों की कथानुसार हनुमान की माता अंजना संतान सुख से वंचित थी। कई जतन करने के बाद भी उन्हें निराशा ही हाथ लगी। इस दुःख से पीड़ित अंजना मतंग ऋषि के पास गईं, तब मंतग ऋषि ने उनसे कहा-पप्पा सरोवर के पूर्व में एक नरसिंहा आश्रम है, उसकी दक्षिण दिशा में नारायण पर्वत पर स्वामी तीर्थ है वहां जाकर उसमें स्नान करके, बारह वर्ष तक तप एवं उपवास करना पड़ेगा तब जाकर तुम्हें पुत्र सुख की प्राप्ति होगी।

अंजना ने मतंग ऋषि एवं अपने पति केसरी से आज्ञा लेकर तप किया था बारह वर्ष तक केवल वायु का ही भक्षण किया तब वायु देवता ने अंजना की तपस्या से खुश होकर उसे वरदान दिया जिसके परिणामस्वरूप चैत्र शुक्ल की पूर्णिमा को अंजना को पुत्र की प्राप्ति हुई। वायु के द्वारा उत्पन्न इस पुत्र को ऋषियों ने वायु पुत्र नाम दिया।

वायु द्वारा उत्पन्न हनुमान के जन्म का नाम वायु पुत्र था परंतु उनका नाम हनुमान कैसे पड़ा इसके पीछे भी एक रोचक घटना है।

इसके पीछे भी एक रोचक घटना है।

एक बार की बात है। कपिराज केसरी कहीं बाहर गए हुए थे। माता अंजना भी बालक हनुमान को पालने में लिटाकर वन में फल-फूल लेने चली गई थीं। बालक हनुमान जी को भूख लगी, माता अंजना की अनुपस्थिति में ये क्रंदन करने लगे। सहसा इनकी दृष्टि उगते हुए सूर्य भगवान पर गई। हनुमान जी ने सूर्य को कोई लाल मीठा फल समझकर छलांग लगाई।

2

रामायण युद्ध में हनुमान

रामायण के सुन्दर-काण्ड में हनुमान जी के साहस और देवाधीन कर्म का वर्णन किया गया है। हनुमानजी की भेंट रामजी से उनके वनवास के समय तब हुई जब रामजी अपने भ्राता लछ्मन के साथ अपनी पत्नी सीता की खोज कर रहे थे। सीता माता को लंकापति रावण छल से हरण करके ले गया था। सीताजी को खोजते हुए दोनो भ्राता ऋषिमुख पर्वत के समीप पँहुच गये जहाँ सुग्रीव अपने अनुयाईयों के साथ अपने ज्येष्ठ भ्राता बाली से छिपकर रहते थे। वानर-राज बाली ने अपने छोटे भ्राता सुग्रीव को एक गम्भीर मिथ्याबोध के चलते अपने साम्राज्य से बाहर निकाल दिया था और वो किसी भी तरह से सुग्रीव के तर्क को सुनने के लिये तैयार नहीं था। साथ ही बाली ने सुग्रीव की पत्नी को भी अपने पास बलपूर्वक रखा हुआ था।

राम और लछ्मण को आता देख सुग्रीव ने हनुमान को उनका परिचय जानने के लिये भेजा। हनुमान् एक ब्राह्मण के वेश में उनके समीप गये। हनुमान के मुख से प्रथम शब्द सुनते ही श्रीराम ने लछ्मण से कहा कि कोई भी बिना वेद-पुराण को जाने ऐसा नहीं बोल सकता जैसा इस ब्राह्मण ने बोला। रामजी को उस ब्राह्मण के मुख, नेत्र, माथा, भौंह या अन्य किसी भी शारीरिक संरचना से कुछ भी मिथ्या प्रतीत नहीं हुआ।

रामजी ने लछ्मण से कहा कि इस ब्राह्मण के मन्त्रमुग्ध उच्चारण को सुनके तो शत्रु भी अस्त्र त्याग देगा। उन्होंने ब्राह्मण की और प्रसन्नसा करते हुए कहा कि वो नरेश(राजा) निःसंकोच ही सफ़ल होगा जिसके पास ऐसा गुप्तचर होगा। श्रीराम के मुख से इन सब बातों को सुनकर हनुमानजी ने अपना वास्तविक रूप धारण किया और श्रीराम के चरणों में नतमस्तक हो गये। श्रीरम ने उन्हें उठाकर अपने हृदय से लगा लिया। उसी दिन एक भक्त और भगवान का हनुमान और प्रभु राम के रूप में अटूट और अनश्वर मिलन हुआ। ततपश्चात हनुमान ने श्रीराम और सुग्रीव की मित्रता करवाई। इसके पश्चात ही श्रीराम ने बाली को मारकर सुग्रीव को उनका सम्मान और गौरव वापस दिलाया और लंका युद्ध में सुग्रीव ने अपनी वानर सेना के साथ श्रीराम का सहयोग दिया।

सीता माता की खोज में वानरों का एक दल दक्षिण तट पे पँहुच गया। मगर इतने विशाल सागर को लांघने का साहस किसी में भी नहीं था। स्वयं हनुमान भी बहुत चिन्तित थे कि कैसे इस समस्या का समाधान निकाला जाये। उसी समय जामवन्त और बाकी अन्य वानरों ने हनुमान को उनकी अदभुत शक्तियों का स्मरण कराया।

अपनी शक्तियों का स्मरण होते ही हनुमान ने अपना रूप विस्तार किया और पवन-वेग से सागर को उड़के पार करने लगे। रास्ते में उन्हें एक पर्वत मिला और उसने हनुमान से कहा कि उनके पिता का उसके ऊपर ऋण है, साथ ही उस पर्वत ने हनुमान से थोड़ा विश्राम करने का भी आग्रह किया मगर हनुमान ने किन्चित मात्र भी समय व्यर्थ ना करते हुए पर्वतराज को धन्यवाद किया और आगे बढ़ चले। आगे चलकर उन्हें एक राक्षसी मिली जिसने कि उन्हें अपने मुख में घुसने की चुनौती दी, परिणामस्वरूप हनुमान ने उस राक्षसी की चुनौती को स्वीकार किया और बड़ी ही चतुराई से अति लघुरूप धारण करके राक्षसी के मुख में प्रवेश करके बाहर आ गये। अंत में उस राक्षसी ने संकोचपूर्वक ये स्वीकार किया कि वो उनकी बुद्धिमता की परीक्षा ले रही थी।

आखिरकार हनुमान सागर पार करके लंका पँहुचे और लंका की शोभा और सुन्दरता को देखकर आश्चर्यचकित रह गये। और उनके मन में इस बात का दुःख भी हुआ कि यदी रावण नहीं माना तो इतनी सुन्दर लंका का सर्वनाश हो जायेगा। ततपश्चात हनुमान ने अशोक-वाटिका में सीतजी को देखा और उनको अपना परिचय बताया। साथ ही उन्होंने माता सीता को सांत्वना दी और साथ ही वापस प्रभु श्रीराम के पास साथ चलने का आग्रह भी किया। मगर माता सीता ने ये कहकर अस्वीकार कर दिया कि ऐसा होने पर श्रीराम के पुरुषार्थ को ठेस पँहुचेगी। हनुमान ने माता सीता को प्रभु श्रीराम के सन्देश का ऐसे वर्णन किया जैसे कोई महान ज्ञानी लोगों को ईश्वर की महानता के बारे में बताता है।

माता सीता से मिलने के पश्चात, हनुमान प्रतिशोध लेने के लिये लंका को तहस-नहस करने लगे। उनको बंदी बनाने के लिये रावण पुत्र मेघनाद(इन्द्रजीत) ने ब्रम्हास्त्र का प्रयोग किया। ब्रम्हमा जी का सम्मान करते हुए हनुमान ने स्वयं को ब्रम्हास्त्र के बन्धन मे बन्धने दिया। साथ ही उन्होंने विचार किया कि इस अवसर का लाभ उठाकर वो लंका के विख्यात रावण से मिल भी लेंगे और उसकी शक्ति का अनुमान भी लगा लेंगे। इन्हीं सब बातों को सोचकर हनुमान ने स्वयं को रावण के समक्ष बंदी बनकर उपस्थित होने दिया। जब उन्हे रावण के समक्ष लाया गया तो उन्होंने रावण को प्रभु श्रीराम का चेतावनी भरा सन्देश सुनाया और साथ ही ये भी कहा कि यदि रावण माता सीता को आदर-पूर्वक प्रभु श्रीराम को लौटा देगा तो प्रभु उसे क्षमा कर देंगे।

क्रोध मे आकर रावण ने हनुमान को मि्त्युदंड देने का आदेश दिया मगर रावण के छोटे भाई विभीषण ने ये कहकर बीच-बचाव किया कि एक दूत को मारना आचारसंहिता के विपरीत है। ये सुनकर रावण ने हनुमान की पूंछ में आग लगाने का आदेश दिय। जब रावण के सैनिक हनुमान की पूंछ मे कपड़ा लपेट रहे थे तब हनुमान ने अपनी पूंछ को खूब लम्बा

कर लिया और सैनिकों को कुछ समय तक परेशान करने के पश्चात पूंछ मे आग लगाने का अवसर दे दिया। पूंछ मे आग लगते ही हनुमान ने बन्धनमुक्त होके लंका को जलाना शुरु कर दिया और अंत मे पूंछ मे लगी आग को समुद्र मे बुझा कर वापस प्रभु श्रीराम के पास आ गये।

लंका युद्ध में जब लछमण मूर्छित हो गये थे तब हनुमान जी को ही द्रोणागिरी पर्वत पर से संजीवनी बूटी लाने भेजा गया मगर वो बूटी को भली-भांती पहचान नहीं पाये, और पुनः अपने पराक्रम का परिचय देते हुए वो पूरा द्रोणागिरी पर्वत ही रण-भूमि में उठा लाये और परिणामस्वरूप लछमण के प्राण की रक्षा की। भावुक होकर श्रीराम ने हनुमान को हृदय से लगा लिया और बोले कि हनुमान तुम मुझे भ्राता भरत की भांति ही प्रिय हो।

हनुमान का पंचमुखी अवतार भी रामायण युद्ध् कि ही एक घटना है। अहिरावण जो कि काले जादू का ग्याता था, उसने राम और लछमण का सोते समय हरण कर लिया और उन्हें विमोहित करके पाताल-लोक में ले गया। उनकी खोज में हनुमान भी पाताललोक पहुँच गये। पाताल-लोक के मुख्यद्वार एक युवा प्राणी मकरध्वज पहरा देता था जिसका आधा शरीर मछली का और आधा शरीर वानर का था। मकरध्वज के जन्म कि कथा भी बहुत रोचक है।

यद्यपि हनुमान ब्रह्मचारी थे मगर मकरध्वज उनका ही पुत्र था। लंका दहन के पश्चात जब हनुमान पूँछ में लगी आग को बुझाने समुद्र में गये तो उनके पसीने की बूंद समुद्र में गिर गई। उस बूंद को एक मछली ने पी लिया और वो गर्भवती हो गई। इस बात का पता तब चला जब उस मछली को अहिरावण की रसोई में लाया गया। मछली के पेट में से जीवित बचे उस विचित्र प्राणी को निकाला गया। अहिरवण ने उसे पाल कर बड़ा किया और उसे पातालपुरी के द्वार का रक्षक बना दिया।

हनुमान इन सभी बातों से अनिभिज्ञ थे। यद्यपि मकरध्वज को पता था कि हनुमान उसके पिता हैं मगर वो उन्हें पहचान नहीं पाया क्योंकि उसने पहले कभी उन्हें देखा नहीं था।

जब हनुमान ने अपना परिचय दिया तो वो जान गया कि ये मेरे पिता हैं मगर फिर भि उसने हनुमान के साथ युद्ध करने का निश्चय किया क्योंकि पातालपुरि के द्वार की रक्षा करना उसका प्रथम कर्तव्य था। हनुमान ने बड़ी आसानी से उसे अपने आधीन कर लिया और पातलपुरी के मुख्यद्वार पर बाँध दिया।

पातालपुरी में प्रवेश करने के पश्चात हनुमान ने पता लगा लिया कि अहिरावण का वध करने के लिये उन्हे पाँच दीपकों को एक साथ बुझाना पड़ेगा। अतः उन्होंने पन्चमुखी अवतार(श्री वराह, श्री नरसिम्हा, श्री गरुण, श्री हयग्रिव और स्वयं) धारण किया और एक साथ में पाँचों दीपकों को बुझाकर अहिरावण का अंत किया। अहिरावण का वध होने के पश्चात हनुमान ने प्रभु श्रीराम के आदेशानुसार मकरध्वज को पातालपुरि का नरेश बना दिया।

युद्ध समाप्त होने के साथ ही श्रीराम का चौदह वर्ष का वनवास भी समाप्त हो चला था। तभी श्रीराम को स्मरण हुआ कि यदि वो वनवास समाप्त होने के साथ ही अयोध्या नहीं

पँहुचे तो भरत अपने प्राण त्याग देंगे। साथ ही उनको इस बात का भी आभास हुआ कि उन्हें वहाँ वापस जाने में अंतिम दिन से थोड़ा विलम्ब हो जायेगा, इस बात को सोचकर श्रीराम चिंतित थे मगर हनुमान ने अयोध्या जाकर श्रीराम के आने की जानकारी दी और भरत के प्राण बचाकर श्रीराम को चिंता मुक्त किय।

अयोध्या में राज्याभिषेक होने के बाद प्रभु श्रीराम ने उन सभी को सम्मानित करने का निर्णय लिया जिन्होंने लंका युद्ध में रावण को पराजित करने में उनकी सहायता की थी। उनकी सभा में एक भव्य समारोह का आयोजन किया गया जिसमें पूरी वानर सेना को उपहार देकर सम्मानित किया गया। हनुमान को भी उपहार लेने के लिये बुलाया गया, हनुमान मंच पर गये मगर उन्हें उपहार की कोई जिज्ञासा नहीं थी। हनुमान को ऊपर आता देखकर भावना से अभिप्लुत श्रीराम ने उन्हें गले लगा लिया और कहा कि हनुमान ने अपनी निश्छल सेवा और पराक्रम से जो योगदान दिया है उसके बदले में ऐसा कोई उपहार नहीं है जो उनको दिया जा सके। मगर अनुराग स्वरूप माता सीता ने अपना एक मोतियों का हार उन्हें भेंट किया।

उपहार लेने के उपरांत हनुमान माला के एक-एक मोती को तोड़कर देखने लगे, ये देखकर सभा में उपस्थित सदस्यों ने उनसे इसका कारण पूछा तो हनुमान ने कहा कि वो ये देख रहे हैं मोतियों के अन्दर उनके प्रभु श्रीराम और माता सीता हैं कि नहीं, क्योंकि यदि वो इनमें नहीं हैं तो इस हार का उनके लिये कोई मूल्य नहीं है। ये सुनकर कुछ लोगों ने कहा कि हनुमान के मन में प्रभु श्रीराम और माता सीता के लिये उतना प्रेम नहीं है जितना कि उन्हें लगता है। इतना सुनते ही हनुमान ने अपनी छाती चीर के लोगों को दिखाई और सभी ये देखकर स्तब्द्ध रह गये कि वास्तव में उनके हृदय में प्रभु श्रीराम और माता सीता की छवि विद्यमान थी।

3

जब हनुमान से हारे शनि

जब हनुमान से हारे शनि

शनि के नाम से ही हर व्यक्ति डरने लगता है। शनि की दशा एक बार शुरू हो जाए तो साढ़ेसात साल बाद ही पीछा छोड़ती है। लेकिन हनुमान भक्तों को शनि से डरने की तनिक भी जरूरत नहीं। शनि ने हनुमान को भी डराना चाहा लेकिन मुंह की खानी पड़ी आइए जानें कैसे...

महान पराक्रमी हनुमान अमर हैं। पवन पुत्र हनुमान रघुकुल के कुमारों के कहने से प्रतिदिन अपनी आत्मकथा का कोई भाग सुनाया करते थे।

उन्होंने कहा कि मैं एक बार संध्या समय अपने आराध्य श्री राम का स्मरण करने लगा तो उसी समय ग्रहों में पाप ग्रह, मंद गति सूर्य पुत्र शनि देव पधारे। वह अत्यंत कृष्ण वर्ण के भीषणाकार थे। वह अपना सिर प्रायः झुकाये रखते हैं। जिस पर अपनी दृष्टि डालते हैं वह अवश्य नष्ट हो जाता है। शनिदेव हनुमान के बाहुबल और पराक्रम को नहीं जानते थे। हनुमान ने उन्हें लंका में दशग्रीव के बंधन से मुक्त किया था। वह हनुमान जी से विनयपूर्वक किंतु कर्कश स्वर में बोले हनुमान जी ! मैं आपको सावधान करने आया हूं। त्रेता की बात दूसरी थी, अब कलियुग प्रारंभ हो गया है। भगवान वासुदेव ने जिस क्षण अपनी अवतार लीला का समापन किया उसी क्षण से पृथ्वी पर कलि का प्रभुत्व हो गया। यह कलियुग है। इस युग में आपका शरीर दुर्बल और मेरा बहुत बलिष्ठ हो गया है।

अब आप पर मेरी साढेसाती की दशा प्रभावी हो गई है। मैं आपके शरीर पर आ रहा हूं।

शनिदेव को इस बात का तनिक भी ज्ञान नहीं था कि रघुनाथ के चरणाश्रितों पर काल का प्रभाव नहीं होता। करुणा निधान जिनके हृदय में एक क्षण को भी आ जाते हैं, काल की कला वहां सर्वथा निष्प्रभावी हो जाती है। प्रारब्ध के विधान वहां प्रभुत्वहीन हो जाते हैं। सर्व समर्थ पर ब्रह्म के सेवकों का नियंत्रण-संचालन-पोषण प्रभु ही करते हैं। उनके सेवकों की ओर दृष्टि उठाने का साहस कोई सुर-असुर करे तो स्वयं अनिष्ट भाजन होता है। शनिदेव के अग्रज यमराज भी प्रभु के भक्त की ओर देखने का साहस नहीं कर पाते।

हनुमान जी ने शनिदेव को समझाने का प्रयत्न किया, आप कहीं अन्यत्र जाएं। ग्रहों का प्रभाव पृथ्वी के मरणशील प्राणियों पर ही पड़ता है। मुझे अपने आराध्य का स्मरण करने दें। मेरे शरीर में श्री रघुनाथजी के अतिरिक्त दूसरे किसी को स्थान नहीं मिल सकता।

लेकिन शनिदेव को इससे संतोष नहीं मिला। वह बोले, मैं सृष्टिकर्ता के विधान से विवश हूं। आप पृथ्वी पर रहते हैं। अतः आप मेरे प्रभुत्व क्षेत्र से बाहर नहीं हैं। पूरे साढे बाईस वर्ष व्यतीत होने पर साढ़े सात वर्ष के अंतर से ढाई वर्ष के लिए मेरा प्रभाव प्राणी पर पड़ता है। किंतु यह गौण प्रभाव है। आप पर मेरी साढ़े साती आज इसी समय से प्रभावी हो रही हो। मैं आपके शरीर पर आ रहा हूं। इसे आप टाल नहीं सकते।

फिर हनुमान जी कहते हैं, जब आपको आना ही है तो आइए, अच्छा होता कि आप मुझ वृद्ध को छोड़ ही देते‘

फिर शनिदेव कहते हैं, कलियुग में पृथ्वी पर देवता या उपदेवता किसी को नहीं रहना चाहिए। सबको अपना आवास सूक्ष्म लोकों में रखना चाहिए जो पृथ्वी पर रहेगा। वह कलियुग के प्रभाव में रहेगा और उसे मेरी पीड़ा भोगनी पड़ेगी और ग्रहों में मुझे अपने अग्रज यम का कार्य मिला है। मैं मुख्य मारक ग्रह हूं। और मृत्यु के सबसे निकट वृद्ध होते हैं। अतः मैं वृद्धों को कैसे छोड़ सकता हूं।'

हनुमान जी पूछते हैं, आप मेरे शरीर पर कहां बैठने आ रहे हैं। शनिदेव गर्व से कहते हैं प्राणी के सिर पर। मैं ढाई वर्ष प्राणी के सिर पर रहकर उसकी बुद्धि विचलित बनाए रखता हूं। मध्य के ढाई वर्ष उसके उदर में स्थित रहकर उसके शरीर को अस्वस्थ बनाता हूं व अंतिम ढाई वर्ष पैरों में रहकर उसे भटकाता हूं।‘

फिर शनिदेव हनुमान जी के मस्तक पर आ बैठे तो हनुमान जी के सिर पर खाज हुई। इसे मिटाने के लिए हनुमान जी ने बड़ा पर्वत उठाकर सिर पर रख लिया।

शनिदेव चिल्लाते हैं, यह क्या कर रहे हैं आप।' फिर हनुमान जी कहते हैं, जैसे आप सृष्टिकर्ता के विधान से विवश हैं वैसे मैं भी अपने स्वभाव से विवश हूं। मेरे मस्तक पर खाज मिटाने की यही उपचार पद्धति है। और आप अपना कार्य करें और मैं अपना कार्य।‘

ऐसा कहते ही हनुमान जी ने दूसरा पर्वत उठाकर सिर पर रख लिया। इस पर शनिदेव कहते हैं, आप इन्हें उतारिए, मैं संधि करने को तैयार हूं।' उनके इतना कहते ही हनुमान जी ने तीसरा पर्वत उठाकर सिर पर रख लिया तो शनि देव चिल्ला कर कहते हैं, मैं अब आपके समीप नहीं आऊंगा। फिर भी हनुमान जी नहीं माने और चौथा पर्वत उठाकर सिर पर रख लिया। शनिदेव फिर चिल्लाते हैं, पवनकुमार ! त्राहि माम ताहि माम ! रामदूत ! आंजनेयाय नमः ! मैं उसको भी पीड़ित नहीं करूंगा जो आपका स्मरण करेगा। मुझे उतर जाने का अवसर दें।

हनुमान जी कहते हैं, बहुत शीघ्रता की। अभी तो पांचवां पर्वत (शिखर) बाकी है। और इतने में ही शनि मेरे पैरों में गिर गए, और कहा‘ मैं सदैव आपको दिये वचनों को स्मरण रखूंगा।'

आघात के उपचार के लिए शनिदेव तेल मांगने लगे। हनुमान जी तेल कहां देने वाले थे। वही शनिदेव आज भी तेलदान से तुष्ट होते हैं।

4

हनुमान जी और भीम

भीम को यह अभिमान हो गया था कि संसार में मुझसे अधिक बलवान कोई और नहीं है| सौ हाथियों का बल है उसमें, उसे कोई परास्त नहीं कर सकता... और भगवान अपने सेवक में किसी भी प्रकार का अभिमान रहने नहीं देते| इसलिए श्रीकृष्ण ने भीम के कल्याण के लिए एक लीला रच दी|

द्रौपदी ने भीम से कहा, "आप श्रेष्ठ गदाधारी हैं, बलवान हैं, आप गंधमादन पर्वत से दिव्य वृक्ष के दिव्य पुष्प लाकर दें... मैंने अपनी वेणी में सजाने हैं, आप समर्थ हैं, ला सकते हैं| लाकर देंगे न दिव्य कमल पुष्प|"

भीम द्रौपदी के आग्रह को टाल नहीं सके| गदा उठाई और गंधमादन पर्वत की ओर चल पड़े मदमस्त हाथी की तरह| किसी तनाव से मुक्त, निडर... भीम कभी गदा को एक कंधे पर रखते, कभी दूसरे पर रखते| बेफिक्री से गंधमादन पर्वत की ओर जा रहे थे... सोच रहे थे, अब पहुंचा कि तब पहुंचा, दिव्य पुष्प लाकर द्रौपदी को दूंगा, वह प्रसन्न हो जाएगी|

लेकिन अचानक उनके बढ़ते कदम रुक गए... देखा, एक वृद्ध लाचार और कमजोर वानर मार्ग के एक बड़े पत्थर पर बैठा है| उसने अपनी पूंछ आगे के उस पत्थर तक बिछा रखी है जिससे रास्ता रुक गया है| पूंछ हटाए बिना, आगे नहीं बढ़ा जा सकता... अर्थात उस वानर से अपनी पूंछ से मार्ग रोक रखा था और कोई भी बलवान व्यक्ति किसी को उलांघकर मार्ग नहीं बनाता, बल्कि मार्ग की बाधा को हटाकर आगे बढ़ता है| बलवान व्यक्ति बाधा सहन नहीं कर सकता... या तो व बाधा स्वयं हटाता है, या उस बाधा को ही मिटा देता है| इसलिए भीम भी रुक गए|

जब मद, अहंकार और शक्ति बढ़ जाती है तो आदमी अपने आपको आकाश को छूता हुआ समझता है| वह किसी को खातिर में नहीं लाता... और अत्यधिक निरंकुश शक्ति ही व्यक्ति के विनाश का कारण बनती है... लेकिन श्रीकृष्ण तो भीम का कल्याण करना चाहते थे... भीम का विनाश नहीं सुधार चाहते थे|

भीम ने कहा, "ऐ वानर ! अपने पूंछ को हटाओ, मैंने आगे बढ़ना है|"

वानर ने देखा एक बलिष्ठ व्यक्ति गदा उठाए, राजसी वस्त्र पहने, मुकुट धारण किए बड़े रोब के साथ उसे पूंछ हटाने को कह रहा है| हैरान हुआ, पहचान भी गया.. लेकिन चूंकि वह श्रीकृष्ण की लीला थी, इसलिए चुप हो गया| भीम के सवाल का जवाब नहीं दिया|

भीम ने फिर कहा, "वानर, मैंने कहा न कि पूंछ हटाओ, मैंने आगे जाना है, तुम वृद्ध हो, इसलिए कुछ नहीं कह रहा|"

वानर गंभीर हो गया| मन ही मन हंस दिया| कहा, "तुम देख रहे हो, मैं वृद्ध हूं, कमजोर हूं... उठ नहीं सकता| मुझमें इतनी ताकत नहीं कि मैं स्वयं ही अपनी पूंछ हटा लूं... तुम ही कष्ट करो, मेरी पूंछ थोड़ी इधर सरका दो, और आगे निकल जाओ|"

भीम के तेवर कसे... गदा कंधे से हटाई... नीचे रखी| इस वानर ने मेरे बल को ललकारा है, आखिर है तो एक पूंछ ही, वह भी वृद्ध वानर की| कहा, "यह मामूली सी पूंछ हटाना भी कोई मुश्किल है, यह तुमने क्या कह दिया? मैंने बहुत बलवानों को परास्त किया है, धूल चटाई है, सौ हाथियों का बल है मुझमें...|"

इतना कह कर भीम ने अपने बाएं हाथ से पूंछ को यों पकड़ा, जैसे एक तिनके को पकड़ रहा है कि उठाया, हवा में उड़ा दिया... लेकिन भीम से वह पूंछ हिल भी नहीं सकी| हैरान हुआ... फिर उसने दाएं हाथ से पूंछ को हटाना चाहा... लेकिन दाएं हाथ से भी पूंछ तिलमात्र नहीं हिली... भीम ने वानर की तरफ देखा... वानर मुस्करा रहा था|

भीम को गुस्सा आ गया| भीम ने दोनों हाथों से भरपूर जोर लगाया... एक पांव को पत्थर पर रखकर, आसरा लेकर फिर जोर लगाया... दो-तीन बार... लेकिन हर बार भीम हताश हुआ... जिस पूंछ को भीम ने मामूली और कमजोर वानर की पूंछ समझा था... उसने उसके पसीने छुड़वा दिए थे...

और भीम थककर, निढाल होकर एक तरफ खड़ा हो गया| सोचने लगा... यह कोई मामूली वृद्ध वानर नहीं है... यह दिव्य व्यक्ति है और इसकी असीम शक्ति का मैं सामना नहीं कर पाऊंगा... विनम्र और झुका हुआ व्यक्ति ही कुछ पाता है, अकड़ उसे ले डूबती है, ताकत काफूर हो जाती है और भीम वाकई वृद्ध वानर के सामने कमजोर लगने लगा... मद और अहंकार काफूर हो गया... और जब मद और अहंकार मिटता है... तभी भगवान की कृपा होती है|

भीम ने कहा, "मैं आपको पहचान नहीं सका... जिसकी पूंछ को मैं उठा नहीं सका वह कोई मामूली वानर नहीं हो सकता... मुझे क्षमा करें, कृपया अपना परिचय दें|"

वानर उठ खड़ा हुआ... आगे बढ़ा और भीम को गले लगा लिया, कहा, "भीम, मैं तुम्हें पहचान गया था| तुम वायु पुत्र हो... मैं पवन पुत्र हनुमान हूं, श्रीराम का सेवक... श्रीराम का सेवक होने के सिवा मेरी कोई पहचान नहीं और उन्हीं के आदेश पर मैं इस मार्ग पर लेटा हूं... ताकि तुम्हें, तुम्हारी असलियत बता दूं... रिश्ते से मैं तुम्हारा बड़ा भाई हूं और इसीलिए बड़े भाई का कर्तव्य निभाते हुए प्रभु के आशीर्वाद से तुम्हें याद दिला रहा हूं... शक्ति का, ताकत का अभिमान न करो... क्योंकि यह ताकत और बल तुम्हारा नहीं| भगवान ने ही इसे दिया

है... यह शरीर भी तो परमात्मा ने दिया है... और जो चीज परमात्मा की है, वह किसी और की कैसे हो सकती है| इसलिए जो जिसने दिया है, उसके लिए उसी का धन्यवाद करना चाहिए| परमात्मा की शक्ति के अलावा किसी की क्या शक्ति हो सकती ई|"

भीम की आंखें खुलीं... त्रेता युग की श्रीराम और हनुमान जी की वीर गाथाएं याद आ गईं... प्रेम से, श्रद्धा से भीम की आंखें भी खुल गईं और भावों के इसी प्रवाह में, भीम ने हनुमान जी को समुद्र लांघने के समय पर धारण किए गए विशाल रूप का दर्शन कराने का अनुरोध कर दिया|

और हनुमान जी ने श्रीराम की कृपा से अपना आकार, वैसा ही बढ़ाया जैसा उन्होंने सौ योजन समुद्र लांघने के समय धारण किया था| यह देख भीम हैरान रह गया| वह कभी हनुमान जी के चरणों में देखता और कभी उनके आकाश छूते मस्तक को... जिसे वह देख ही नहीं पा रहा था|

हनुमान जी ने कहा, "भीम, मेरे इस रूप को तुम देख नहीं पा रहे... लेकिन मैं श्रीराम की कृपा से, इससे भी बड़ा रूप धारण कर सकता हूं|"

भीम ने हाथ जोड़कर सिर झटक दिया और हनुमान जी के चरणों में गिर पड़ा|

भौतिक पद, प्रतिष्ठा और धन का अभिमान कैसा? ये तो कभी भी नष्ट हो सकते हैं| भौतिक पदार्थ, भौतिक सुख ही देते हैं... लेकिन परमात्मा की कृपा तो शाश्वत होती है... जिसे कोई छीन नहीं सकता| चोर चुरा नहीं सकता| आदमी को उसी दायरे में रहना चाहिए, जिसमें परमात्मा रखे... परमात्मा की इच्छा के बिना तो पत्ता भी नहीं हिल सकता| इंसान की जिंदगी का क्या भरोसा... किसी भी मोड़ पर, चार कदम की दूरी पर, खत्म हो सकती है|

5

हनुमान: बालपन, शिक्षा एवँ शाप

हनुमान जी के धर्म पिता वायु थे, इसी कारण उन्हे पवन पुत्र के नाम से भी जाना जाता है। बचपन से ही दिव्य होने के साथ साथ उनके अन्दर असीमित शक्तियों का भण्डार था।

बालपन में एक बार सूर्य को पका हुआ फ़ल समझकर उसे वो उसे खाने के लिये उड़ कर जाने लगे, उसी समय इन्द्र ने उन्हे रोकने के प्रयास में वज्र से प्रहार कर दिया, वज्र के प्रहार के कारण बालक हनुमान कि ठुड्डी टूट गई और वे मूर्छित होके धरती पर गिर गये। इस घटना से कुपित होकर पवन देव ने संसार भर मे वायु के प्रभाव को रोक दिया जिसके कारण सभी प्राणियों मे हाहाकार मच गया। वायु देव को शान्त करने के लिये अंततः इन्द्र ने अपने द्वारा किये गये वज्र के प्रभाव को वापस ले लिया। साथ ही साथ अन्य देवताओं ने बालक हनुमान को कई वरदान भी दिये। यद्यपि वज्र के प्रभाव ने हनुमान की ठुड्डी पे कभी ना मिटने वाला चिन्ह छोड़ दिया।

तदुपरान्त जब हनुमान को सुर्य के महाग्यानि होने का पता चला तो उन्होंने अपने शरीर को बड़ा करके सुर्य की कक्षा में रख दिया और सुर्य से विनती की कि वो उन्हें अपना शिष्य स्वीकार करें। मगर सुर्य ने उनका अनुरोध ये कहकर अस्वीकार कर दिया कि चुंकि वो अपने कर्म स्वरूप सदैव अपने रथ पे भ्रमण करते रहते हैं, अतः हनुमान प्रभावपूर्ण तरीके से शिक्षा ग्रहण नहीं कर पाएँगे। सुर्य देव की बातों से विचलित हुए बिना हनुमान ने अपने शरीर को और बड़ा करके अपने एक पैर को पूर्वी छोर पे और दूसरे पैर को पश्चिमी छोर पे रखकर पुनः सुर्य देव से विनती की और अंततः हनुमान के सतात्य(दृढ़ता) से प्रसन्न होकर सुर्य ने उन्हें अपना शिष्य स्वीकार कर लिया।

तदोपरान्त हनुमान ने सुर्य देव के साथ निरंतर भ्रमण करके अपनी शिक्षा ग्रहण की। शिक्षा पूर्ण होने के ऊपरांत हनुमान ने सुर्य देव से गुरु-दक्षिणा लेने के लिये आग्रह किया परन्तु सुर्य देव ने ये कहकर मना कर दिया कि 'तुम जैसे समर्पित शिष्य को शिक्षा प्रदान करने में मैंने जिस आनंद की अनुभूती की है वो किसी गुरु-दक्षिणा से कम नहीं है'।

परन्तु हनुमान के पुनः आग्रह करने पर सुर्य देव ने गुरु-दक्षिणा स्वरूप हनुमान को सुग्रीव(धर्म पुत्र-सुर्य)की सहायता करने की आज्ञा दे दी।

हनुमान के इच्छानुसार सुर्य देव का हनुमान को शिक्षा देना सुर्य देव के अनन्त, अनादि, नित्य, अविनाशी और कर्म-साक्षी होने का वर्णन करता है।

हनुमान जी बालपन मे बहुत नटखट थे, वो अपने इस स्वभाव से साधु-संतों को सता देते थे। बहुधा वो उनकी पूजा सामग्री और आदि कई वस्तुओं को छीन-झपट लेते थे। उनके इस नटखट स्वभाव से रुष्ट होकर साधुओं ने उन्हें अपनी शक्तियों को भूल जाने का एक लघु शाप दे दिया। इस शाप के प्रभाव से हनुमान अपनी सब शक्तियों को अस्थाई रूप से भूल जाते थे और पुनः किसी अन्य के स्मरण कराने पर ही उन्हें अपनी असीमित शक्तियों का स्मरण होता था। ऐसा माना जाता है कि अगर हनुमान शाप रहित होते तो रामायण में राम-रावण युद्ध का स्वरूप पृथक(भिन्न, न्यारा) ही होता। कदाचित वो स्वयं ही रावण सहित सम्पूर्ण लंका को समाप्त कर देते।

6

हनुमान पुत्र मकरध्वज की कथा

पवनपुत्र हनुमान बाल-ब्रह्मचारी थे। लेकिन मकरध्वज को उनका पुत्र कहा जाता है। यह कथा उसी मकरध्वज की है।

वाल्मीकि रामायण के अनुसार, लंका जलाते समय आग की तपिश के कारण हनुमानजी को बहुत पसीना आ रहा था। इसलिए लंका दहन के बाद जब उन्होंने अपनी पूँछ में लगी आग को बुझाने के लिए समुद्र में छलाँग लगाई तो उनके शरीर से पसीने के एक बड़ी-सी बूँद समुद्र में गिर पड़ी। उस समय एक बड़ी मछली ने भोजन समझ वह बूँद निगल ली। उसके उदर में जाकर वह बूँद एक शरीर में बदल गई।

एक दिन पाताल के असुरराज अहिरावण के सेवकों ने उस मछली को पकड़ लिया। जब वे उसका पेट चीर रहे थे तो उसमें से वानर की आकृति का एक मनुष्य निकला। वे उसे अहिरावण के पास ले गए। अहिरावण ने उसे पाताल पुरी का रक्षक नियुक्त कर दिया। यही वानर हनुमान पुत्र 'मकरध्वज' के नाम से प्रसिद्ध हुआ।

जब राम-रावण युद्ध हो रहा था, तब रावण की आज्ञानुसार अहिरावण राम-लक्ष्मण का अपहरण कर उन्हें पाताल पुरी ले गया। उनके अपहरण से वानर सेना भयभीत व शोकाकुल हो गयी। लेकिन विभीषण ने यह भेद हनुमान के समक्ष प्रकट कर दिया। तब राम-लक्ष्मण की सहायता के लिए हनुमानजी पाताल पुरी पहुँचे।

जब उन्होंने पाताल के द्वार पर एक वानर को देखा तो वे आश्चर्यचकित हो गए। उन्होंने मकरध्वज से उसका परिचय पूछा। मकरध्वज अपना परिचय देते हुआ बोला-"मैं हनुमान पुत्र मकरध्वज हूं और पातालपुरी का द्वारपाल हूँ।"

मकरध्वज की बात सुनकर हनुमान क्रोधित होकर बोले- "यह तुम क्या कह रहे हो? दुष्ट! मैं बाल ब्रह्मचारी हूँ। फिर भला तुम मेरे पुत्र कैसे हो सकते हो?" हनुमान का परिचय पाते ही मकरध्वज उनके चरणों में गिर गया और उन्हें प्रणाम कर अपनी उत्पत्ति की कथा सुनाई। हनुमानजी ने भी मान लिया कि वह उनका ही पुत्र है।

लेकिन यह कहकर कि वे अभी अपने श्रीराम और लक्ष्मण को लेने आए हैं, जैसे ही द्वार की ओर बढ़े वैसे ही मकरध्वज उनका मार्ग रोकते हुए बोला- "पिताश्री! यह सत्य है कि मैं आपका पुत्र हूँ लेकिन अभी मैं अपने स्वामी की सेवा में हूँ। इसलिए आप अन्दर नहीं जा सकते।"

हनुमान ने मकरध्वज को अनेक प्रकार से समझाने का प्रयास किया, किंतु वह द्वार से नहीं हटा। तब दोनों में घोर युद्ध शुरु हो गया। देखते-ही-देखते हनुमानजी उसे अपनी पूँछ में बाँधकर पाताल में प्रवेश कर गए। हनुमान सीधे देवी मंदिर में पहुँचे जहाँ अहिरावण राम-लक्ष्मण की बलि देने वाला था। हनुमानजी को देखकर चामुंडा देवी पाताल लोक से प्रस्थान कर गईं। तब हनुमानजी देवी-रूप धारण करके वहाँ स्थापित हो गए।

कुछ देर के बाद अहिरावण वहाँ आया और पूजा अर्चना करके जैसे ही उसने राम-लक्ष्मण की बलि देने के लिए तलवार उठाई, वैसे ही भयंकर गर्जन करते हुए हनुमानजी प्रकट हो गए और उसी तलवार से अहिरावण का वध कर दिया।

उन्होंने राम-लक्ष्मण को बंधन मुक्त किया। तब श्रीराम ने पूछा-"हनुमान! तुम्हारी पूँछ में यह कौन बँधा है? बिल्कुल तुम्हारे समान ही लग रहा है। इसे खोल दो।" हनुमान ने मकरध्वज का परिचय देकर उसे बंधन मुक्त कर दिया। मकरध्वज ने श्रीराम के समक्ष सिर झुका लिया। तब श्रीराम ने मकरध्वज का राज्याभिषेक कर उसे पाताल का राजा घोषित कर दिया और कहा कि भविष्य में वह अपने पिता के समान दूसरों की सेवा करे।

यह सुनकर मकरध्वज ने तीनों को प्रणाम किया। तीनों उसे आशीर्वाद देकर वहाँ से प्रस्थान कर गए। इस प्रकार मकरध्वज हनुमान पुत्र कहलाए।

7

हनुमान को मुद्रिका देना

वानर यूथपतियों को इस प्रकार की कठोर आज्ञा दे कर सुग्रीव हनुमान से बोला, "हे कपिश्रेष्ठ! पृथ्वी, अन्तरिक्ष, आकाश, पाताल, देवलोक, वन, पर्वत, सागर कोई ऐसा स्थान नहीं है जहाँ तुम्हारी गति न हो। असुर, गन्धर्व, नाग, मनुष्य, देवता, समुद्र तथा पर्वतों सहित सम्पूर्ण लोकों को तुम जानते हो और तुम अतुल, अद्वितीय, पराक्रमी तथा साहसी हो। तुम्हारी सूझबूझ और कार्यकुशलता भी अपूर्व है। यद्यपि मैंने सीता जी की खोज के लिये सब वानरों को आदेश दिया है परन्तु मुझे सच्चा भरोसा तुम्हारे ऊपर ही है और तुम्हें ही उनका पता लगा कर लाना है।"

सुग्रीव का हनुमान पर इतना भरोसा देख कर राम बोले, "हे हनुमान! सुग्रीव की भाँति मुझे भी तुम पर विश्वास है कि तुम सीता का पता अवश्य लगा लोगे। इसलिये मैं तुम्हें अपने नाम से सुशोभित अपनी यह मुद्रिका देता हूँ। जब कभी जानकी मिले, उसे तुम यह मुद्रिका दे देना। इसे पा कर वह तुम्हारे ऊपर सन्देह नहीं करेगी। तुम्हें मेरा दूत समझ कर सारी बातें बता देगी।"

राम की मुद्रिका ले कर हनुमान ने उसे अपने मस्तक से लगाया और सुग्रीव तथा श्री राम के चरणों को स्पर्श कर के वानरों की सेना के साथ सीता को खोजने के लिये निकल पड़े। शेष वानर भी सुग्रीव के निर्देशानुसार भिन्न-भिन्न दिशाओं के लिये चल पड़े। उन्होंने वनों, पर्वतों, गिरिकन्दराओं, घाटियों, ऋषि-मुनियों के आश्रमों, विभिन्न राजाओं की राजधानियों, शैल-शिखरों, सागर द्वीपों, राक्षसों, यक्षों, किन्नरों के आवासों आदि को छान मारा परन्तु कहीं भी उन्हें जनकनन्दिनी सीता का पता नहीं मिला।

अन्त में भूख-प्यास से व्यथित हो थक कर उत्साहहीन हो निराशा के साथ एक स्थान पर बैठ कर अपने कार्यक्रम के विषय में विचार विमर्श करने लगे। एक यूथपति ने उन्हें सम्बोधित करते हुये कहा, "हमने उत्तर पूर्व और पश्चिम दिशा का कोई स्थान नहीं छोड़ा। अत्यन्त अगम्य प्रतीत होने वाले स्थानों को भी हमने छान मारा किन्तु कहीं भी महारानी सीता का पता नहीं चला। मेरे विचार से अब हमें दक्षिण दिशा की ओर प्रस्थान करना चाहिये।

इसलिये अब अधिक समय नष्ट न कर के हमें तत्काल चल देना चाहिये।"

यूथपति का प्रस्ताव स्वीकार कर सबसे पहले यह दल विन्ध्याचल पर पहुँचा। वहाँ की गुफाओं, जंगलों, पर्वत-शिखरों आदि सभी स्थानों को उन्होंने छान मारा किन्तु जनकनन्दिनी सीता के उन्हें दर्शन नहीं मिले। विन्ध्यपर्वत के आसपास का महान देश अनेक गुफाओं तथा घने जंगलों से भरा था इसलिये वहाँ जानकी जी को ढूँढने में उन्हें अत्यन्त कठिनाई का सामन करना पड़ा।

इस प्रकार से जानकी जी की खोज के लिये सुग्रीव के द्वारा दिया गया समय व्यतीत हो गया। समस्त वानर पूर्णतः निराश हो गये और सुग्रीव के द्वारा दिये जाने वाले दण्ड के विषय में सोचकर अत्यन्त भयभीत भी हो गये। उनकी निराशा और भय को देख कर महाबुद्धिमान अंगद ने कहा, "निराश और भयभीत होने की आवश्यकता नहीं है। यदि हम सभी वानर अभी भी प्रयत्न करके जानकी जी को खोज लेंगे तो महाराज सुग्रीव प्रसन्न ही होंगे। कर्म का फल अवश्य ही मिलता है अतः खिन्न होकर उद्योग को छोड़ देना कदापि उचित नहीं है।

राजकुमार अंगद की बातों से उत्साहित होकर वानरों ने जानकी जी की खोज के लिये पुनः उद्योग करना आरम्भ कर दिया। वहाँ के अत्यन्त भयंकर तथा सुनसान जंगलों में न तो पानी मिलता था और न ही किसी प्रकार के कंद-मूल-फल ही मिलते थे। मनुष्य का तो नामोनिशान तक दिखाई नहीं देता था। वहाँ अन्वेषण कार्य बहुत ही कठिन था और वानरों को वहाँ अत्यन्त कष्ट सहन करना पड़ा।

समस्त वानर भूख प्यास से व्याकुल होकर वहाँ घूम रहे थे तो उन्हें एक गुफा दिखाई पड़ी। वह गुफा यद्यपि अन्धकारमय थी किन्तु उसमें से हंस, क्रौञ्च, सारस और जल से भीगे हुए चकवे निकलते हुए दृष्टिगत हुए। उन जल से भीगे हुए पक्षियों को देख कर हनुमान जी ने अनुमान लगाया कि अवश्य ही उस गुफा के भीतर जल का स्रोत है। हनुमान जी की सलाह के अनुसार समस्त वानर उस गुफा में प्रवेश कर गये।

8

जाम्बवन्त द्वारा हनुमान को प्रेरणा

वानरों के समक्ष भयंकर महासागर विशाल लहरों से व्याप्त होकर निरन्तर गर्जना कर रहा था। समुद्र तट पर बैठ कर वे विचार विमर्श करने लगे।युवराज अंगद निराश हो कर बोले, "सीता जी को खोज पाने में हम लोग सर्वथा निष्फल रहे हैं। अब हम लौट कर राजा सुग्रीव और रामचन्द्र जी को कैसे मुख दिखायेंगे। निष्फल हो कर लौटने से तो अच्छा है कि हम यहाँ अपने प्राण त्याग दें।"

इस पर बुद्धिमान हनुमान जी ने कहा, "तारानन्दन! तुम युद्ध में अपने पिता के समान ही अत्यन्त शक्तिशाली हो। अत्यन्त बुद्धिमान होते हुए भी तुम इस तरह से निराशा की बातें कर रहे हो यह तुम्हें शोभा नहीं देता।"

इस प्रकार से उनका विचार विमर्ष चल ही रहा था कि वहाँ पर गृध्रराज सम्पाति आ पहुँचा। वानरों को देख कर वह बोला, "आज दीर्घकाल के पश्चात् मुझे मेरे कर्मों के फल के रूप में यह भोजन प्राप्त हुआ है। मैं एक एक कर के वानरों का भक्षण करता जाउँगा।"

सम्पाति के वचन सुनकर दुःखी हुए अंगद ने हनुमान जी से कहा, "एक तो हम लोग जानकी जी को खोज नहीं पाये, उस पर यह दूसरी विपत्ति आ गई। हमसे तो अच्छा गृध्रराज जटायु ही था जिसने श्री रामचन्द्र जी के कार्य को करते हुये अपने प्राण न्यौछावर कर दिया था।"

अंगद के मुख से जटायु का नाम सुनकर सम्पाति ने आश्चर्य से कहा, "जटायु तो मेरा छोटा भाई है। तुम उसके विषय में मुझे पूरा पूरा हाल कहो।"

अंगद से जटायु के विषय में पूरा हाल सुनकर सम्पाति बोला, "बन्धुओं! तुम सीता जी की खोज करने जा रहे हो। मैं इस विषय में जो भी जानता हूँ वह तुम्हें बताता हूँ क्योंकि रावण से मैं अपने छोटे भाई जटायु का प्रतिशोध लेना चाहता हूँ। परन्तु मैं वृद्ध और दुर्बल होने के कारण रावण का वध नहीं कर सकता। इसलिये मैं तुम्हें उसका पता बताता हूँ।

सीता जी का हरण करने वाला रावण लंका का राजा है और उसने सीता जी को लंकापुरी में ही रखा है जो यहाँ से सौ योजन (चार सौ कोस) की दूरी पर है और इस समुद्र के उस पार है। लंकापुरी में बड़े भयंकर, सुभट, पराक्रमी राक्षस रहते हैं। लंकापुरी एक पर्वत के ऊपर स्वर्ण निर्मित नगरी है जिसका निर्माण स्वयं विश्वकर्मा ने किया है। उसमें बड़ी सुन्दर ऊँची-ऊँची मनोरम स्वर्ण निर्मित अट्टालिकाएँ हैं। वहीं पर स्वर्णकोट से घिरी अशोकवाटिका है जिसमें रावण ने सीता को राक्षसनियों के पहरे में छिपा कर रखा है। इस समुद्र को पार करने का उपाय करो तभी तुम सीता तक पहुँच सकोगे।"

यह कह कर वह गृद्ध मौन हो गया।

विशाल सागर की अपार विस्तार देख कर सभी वानर चिन्तित होकर एक दूसरे का मुँह ताकने लगे। अंगद, नल, नील आदि किसी भी सेनापति को समुद्र पार कर के जाने का साहस नहीं हुआ।

उन सबको निराश और दुःखी देख कर वृद्ध जाम्बन्त ने कहा, "हे पवनसुत! तुम इस समय चुपचाप क्यों बैठे हो? तुम तो वानरराज सुग्रीव के समान पराक्रमी हो। तेज और बल में तो राम और लक्ष्मण की भी बराबरी कर सकते हो। तुम्हारा वेग और विक्रम पक्षिराज गरुड़ से किसी भी भाँति कम नहीं है जो समुद्र में से बड़े-बड़े सर्पों को निकाल लाता है। इतना अतुल बल और साहस रखते हुये भी तुम समुद्र लाँघ कर जानकी जी तक पहुँचने के लिये तैयार क्यों नहीं होते? तुम्हें तो समुद्र या लंका में मृत्यु का भी भय नहीं है क्योंकि तुम्हें देवराज इन्द्र से इच्छामृत्यु का वर प्राप्त है।

जब तुम चाहोगे, तभी तुम्हारी मृत्यु होगी अन्यथा नहीं। तुम केशरी के क्षेत्रज्ञ और वायुदेव के औरस पुत्र हो, इसीलिये उन्हीं के सदृश तेजस्वी और अबाध गति वाले हो। हम लोगों में तुम ही सबसे अधिक साहसी और शक्तिशाली हो। इसलिये उठो और इस महासागर को लाँघ जाओ। तुम्हीं इन निराश वानरों की चिन्ता को दूर कर सकते हो। मैं जानता हूँ, इस कार्य को केवल तुम और अंगद दो ही व्यक्ति कर सकते हो, पर अंगद अभी बालक है। यदि वह चूक गया और उसकी मृत्यु हो गई तो सब लोग सुग्रीव पर कलंक लगायेंगे और कहेंगे कि अपने राज्य को निष्कंटक बनाने के लिये उसने अपने भतीजे को मरवा डाला। यदि मैं वृद्धावस्था के कारण दुबल न हो गया होता तो सबसे पहले मैं समुद्र लाँघता। इसलिये हे वीर! अपनी शक्ति को समझो और समुद्र लाँघने को तत्पर हो जाओ।"

जाम्बवन्त के प्रेरक वचनों को सुन कर हनुमान को अपनी क्षमता और बल पर पूरा विश्वास हो गया। अपनी भुजाओं को तान कर हनुमान ने अपने सशक्त रूप का प्रदर्शन किया और गुरुजनों से बोले, "आपके आशीर्वाद से मैं मेघ से उत्पन्न हुई बिजली की भाँति पलक मारते निराधार आकाश में उड़ जाउँगा। मुझे विश्वास हो गया है कि मैं लंका में जा कर अवश्य विदेहकुमारी के दर्शन करूँगा।"

यह कह कर उन्होंने घोर गर्जना की जिससे समस्त वानरों के हृदय हर्ष से प्रफुल्लित हो गये। सबसे विदा ले कर हनुमान महेन्द्र पर्वत पर चढ़ गये और मन ही मन समुद्र की गहराई

का अनुमान लगाने लगे।

९

हनुमान का सागर पार करना

बड़े-बड़े गजराजों से भरे हुए महेन्द्र पर्वत के समतल प्रदेश में खड़े हुए हनुमान जी वहाँ जलाशय में स्थित हुए विशालकाय हाथी के समान जान पड़ते थे। सूर्य, इन्द्र, पवन, ब्रह्मा आदि देवों को प्रणाम कर हनुमान जी ने समुद्र लंघन का दृढ़ निश्चय कर लिया और अपने शरीर को असीमित रूप से बढ़ा लिया। उस समय वे अग्नि के समान जान पड़ते थे।

उन्होंने अपने साथी वानरों से कहा, "हे मित्रों! जैसे श्री रामचन्द्र जी का छोड़ा हुआ बाण वायुवेग से चलता है वैसे ही तीव्र गति से मैं लंका में जाउँगा और वहाँ पहुँच कर सीता जी की खोज करूँगा। यदि वहाँ भी उनका पता न चला तो रावण को बाँध कर रामचन्द्र जी के चरणों में लाकर पटक दूँगा। आप विश्वास रखें कि मैं सर्वथा कृतकृत्य होकर ही सीता के साथ लौटूँगा अन्यथा रावण सहित लंकापुर को ही उखाड़ कर लाउँगा।"

इतना कह कर हनुमान आकाश में उछले और अत्यन्त तीव्र गति से लंका की ओर चले। उनके उड़ते ही उनके झटके से साल आदि अनेक वृक्ष पृथ्वी से उखड़ गये और वे भी उनके साथ उड़ने लगे।

फिर थोड़ी दूर तक उड़ने के पश्चात् वे वृक्ष एक-एक कर के समुद्र में गिरने लगे। वृक्षों से पृथक् हो कर सागर में गिरने वाले नाना प्रकार के पुष्प ऐसे प्रतीत हो रहे थे मानो शरद ऋतु के नक्षत्र जल की लहरों के साथ अठखेलियाँ कर रहे हों। तीव्र गति से उड़ते हुए महाकपि पवनसुत ऐसे प्रतीत हो रहे थे जैसे कि वे महासागर एवं अनन्त आकाश का आचमन करते हुये उड़े जा रहे हैं। तेज से जाज्वल्यमान उनके नेत्र हिमालय पर्वत पर लगे हुये दो दावानलों का भ्रम उत्पन्न करते थे। कुछ दर्शकों को ऐसा लग रहा था कि आकाश में तेजस्वी सूर्य और चन्द्र दोनों एक साथ जलनिधि को प्रकाशित कर रहे हों। उनका लाल कटि प्रदेश पर्वत के वक्षस्थल पर किसी गेरू के खान का भ्रम पैदा कर रहा था।

हनुमान के बगल से जो तेज आँधी भारी स्वर करती हुई निकली थी वह घनघोर वर्षाकाल की मेघों की गर्जना सी प्रतीत होती थी। आकाश में उड़ते हुये उनके विशाल शरीर का

• 21 •

प्रतिबम्ब समुद्र पर पड़ता था तो वह उसकी लहरों के साथ मिल कर ऐसा भ्रम उत्पन्न करता था जैसे सागर के वक्ष पर कोई नौका तैरती चली जा रही हो। इस प्रकार हनुमान निरन्तर आकाश मार्ग से लंका की ओर बढ़े जा रहे थे।

हनुमान के अद्भुत बल और पराक्रम की परीक्षा करने के लिये देवता, गन्धर्व, सिद्ध और महर्षियों ने नागमाता सुरसा के पास जा कर कहा, "हे नागमाता! तुम जा कर वायुपुत्र हनुमान की यात्रा में विघ्न डाल कर उनकी परीक्षा लो कि वे लंका में जा कर रामचन्द्र का कार्य सफलता पूर्वक कर पायेंगे या नहीं।" ऋषियों के मर्म को समझ कर सुरसा विशालकाय राक्षसनी का रूप धारण कर के समुद्र के मध्य में जा कर खड़ी हो गई और उसने अपने रूप को अत्यन्त विकृत बना लिया।

हनुमान को अपने सम्मुख पा कर वह बोली, "आज मैं तुम्हें अपना आहार बना कर अपनी क्षुधा को शान्त करूँगी। मैं चाहती हूँ, तुम स्वयं मेरे मुख में प्रवेश करो ताकि मुझे तुम्हें खाने के लिये प्रयत्न न करना पड़े।" सुरसा के शब्दों को सुन कर हनुमान बोले, "तुम्हारी इच्छा पूरी करने में मुझे कोई आपत्ति नहीं है, किन्तु इस समय मैं अयोध्या के राजकुमार रामचन्द्र जी के कार्य से जा रहा हूँ। उनकी पत्नी को रावण चुरा कर लंका ले गया है। मैं उनकी खोज करने के लिये जा रहा हूँ तुम भी राम के राज्य में रहती हो, इसलिये इस कार्य में मेरी सहायता करना तुम्हारा कर्तव्य है। लंका से मैं जब अपना कार्य सिद्ध कर के लौटूँगा, तब अवश्य तुम्हारे मुख में प्रवेश करूँगा। यह मैं तुम्हें वचन देता हूँ।"

हनुमान की प्रतिज्ञा पर ध्यान न देते हुये सुरसा बोली, "जब तक तुम मेरे मुख में प्रवेश न करोगे, मैं तुम्हारे मार्ग से नहीं हटूँगी।" यह सुन कर हनुमान बोले, "अच्छा तुम अपने मुख को अधिक से अधिक खोल कर मुझे निगल लो। मैं तुम्हारे मुख में प्रवेश करने को तैयार हूँ।" यह कह कर महाबली हनुमान ने योगशक्ति से अपने शरीर का आकार बढ़ा कर चालीस कोस का कर लिया। सुरसा भी अपूर्व शक्तियों से सम्पन्न थी। उसने तत्काल अपना मुख अस्सी कोस तक फैला लिया हनुमान ने अपना शरीर एक अँगूठे के समान छोटा कर लिया और तत्काल उसके मुख में घुस कर बाहर निकल आये। फिर बोले, "अच्छा सुरसा, तुम्हारी इच्छा पूरी हुई अब मैं जाता हूँ। प्रणाम!" इतना कह कर हनुमान आकाश में उड़ गये।

पवनसुत थोड़ी ही दूर गये थे कि सिंहिका नामक राक्षसनी की उन पर दृष्टि पड़ी। वह हनुमान को खाने के लिये लालयित हो उठी। वह छाया ग्रहण विद्या में पारंगत थी। जिस किसी प्राणी की छाया पकड़ लेती थी, वह उसके बन्धन में बँधा चला आता था। जब उसने हनुमान की छाया को पकड़ लिया तो हनुमान की गति अवरुद्ध हो गई। उन्होंने आश्चर्य से सिंहिका की ओर देखा। वे समझ गये, सुग्रीव ने जिस अद्भुत छायाग्राही प्राणी की बात कही थी, सम्भवतः यह वही है।

यह सोच कर उन्होंने योगबल से अपने शरीर का विस्तार मेघ के समान अत्यन्त विशाल कर लिया। सिंहिका ने भी अपना मुख तत्काल आकाश से पाताल तक फैला लिया और गरजती हई उनकी ओर दौड़ी। यह देख कर हनुमान अत्यन्त लघु रूप धारण करके उसके

मुख में जा गिरे और अपने तीक्ष्ण नाखूनों से उसके मर्मस्थलों को फाड़ डाला। इसके पश्चात् बड़ी फुर्ती से बाहर निकल कर आकाश की ओर उड़ चले। राक्षसनी क्षत-विक्षत हो कर समुद्र में गिर पड़ी और मर गई।

10

हनुमान जी का लंका में प्रवेश

चार सौ योजन अलंघनीय समुद्र को लाँघ कर महाबली हनुमान जी त्रिकूट नामक पर्वत के शिखर पर स्वस्थ भाव से खड़े हो गये। कपिश्रेष्ठ ने वहाँ सरल (चीड़), कनेर, खिले हुए खजूर, प्रियाल (चिरौंजी), मुचुलिन्द (जम्बीरी नीबू), कुटज, केतक (केवड़े), सुगन्धपूर्ण प्रियंगु (पिप्पली), नीप (कदम्ब या अशोक), छितवन, असन, कोविदार तथा खिले हुए करवीर भी देखे। फूलों के भार से लदे हुए तथा मुकुलित (अधखिले), बहुत से वृक्ष भी उन्हें दृष्टिगोचर हुए जिनकी डालियाँ झूम रही थीं और जिन पर नाना प्रकार के पक्षी कलरव कर रहे थे।

हनुमान जी धीरे धीरे अद्भुत शोभा से सम्पन्न रावणपालित लंकापुरी के पास पहुँचे। उन्होंने देखा, लंका के चारों ओर कमलों से सुशोभित जलपूरित खाई खुदी हुई है। वह महापुरी सोने की चहारदीवारी से घिरी हुई हैं। श्वेत रंग की ऊँची ऊँची सड़कें उस पुरी को सब ओर से घेरे हुए थीं। सैकड़ों गगनचुम्बी अट्टालिकाएँ ध्वजा-पताका फहराती हुई उस नगरी की शोभा बढ़ा रही हैं।

उस पुरी के उत्तर द्वार पर पहुँच कर वानरवीर हनुमान जी चिन्ता में पड़ गये। लंकापुरी भयानक राक्षसों से उसी प्रकार भरी हुई थी जैसे कि पाताल की भोगवतीपुरी नागों से भरी रहती है। हाथों में शूल और पट्टिश लिये बड़ी बड़ी दाढ़ों वाले बहुत से शूरवीर घोर राक्षस लंकापुरी की रक्षा कर रहे थे।

नगर की इस भारी सुरक्षा, उसके चारों ओर समुद्र की खाई और रावण जैसे भयंकर शत्रु को देखकर हनुमान जी विचार करने लगे कि यदि वानर वहाँ तक आ जायें तो भी वे व्यर्थ ही सिद्ध होंगे क्योंकि युद्ध द्वारा देवता भी लंका पर विजय नहीं पा सकते। रावणपालित इस दुर्गम और विषम (संकटपूर्ण) लंका में महाबाहु रामचन्द्र आ भी जायें तो क्या कर पायेंगे? राक्षसों पर साम, दान और भेद की नीति का प्रयोग असम्भव दृष्टिगत हो रहा है।

यहाँ तो केवल चार वेगशाली वानरों अर्थात् बालिपुत्र अंगद, नील, मेरी और बुद्धिमान राजा सुग्रीव की ही पहुँच हो सकती है। अच्छा पहले यह तो पता लगाऊँ कि विदेहकुमारी

सीता जीवित भी है या नहीं? जनककिशोरी का दर्शन करने के पश्चात् ही मैं इस विषय में कोई विचार करूँगा।

उन्होंने सोचा कि मैं इस रूप से राक्षसों की इस नगरी में प्रवेश नहीं कर सकता क्योंकि बहुत से क्रूर और बलवान राक्षस इसकी रक्षा कर रहे हैं। जानकी की खोज करते समय मुझे स्वयं को इन महातेजस्वी, महापराक्रमी और बलवान राक्षसों से गुप्त रखना होगा। अतः मुझे रात्रि के समय ही नगर में प्रवेश करना चाहिये और सीता का अन्वेषण का यह समयोचित कार्य करने के लिये ऐसे रूप का आश्रय लेना चाहिये जो आँख से देखा न जा सके, मात्र कार्य से ही यह अनुमान हो कि कोई आया था।

देवताओं और असुरों के लिये भी दुर्जय लंकापुरी को देखकर हनुमान जी बारम्बार लम्बी साँस खींचते हुये विचार करने लगे कि किस उपाय से काम लूँ जिसमें दुरात्मा राक्षसराज रावण की दृष्टि से ओझल रहकर मैं मिथिलेशनन्दिनी जनककिशोरी सीता का दर्शन प्राप्त कर सकूँ। अविवेकपूर्ण कार्य करनेवाले दूत के कारण बने बनाये काम भी बिगड़ जाते हैं। यदि राक्षसों ने मुझे देख लिया तो रावण का अनर्थ चाहने वाले श्री राम का यह कार्य सफल न हो सकेगा। अतः अपने कार्य की सिद्धि के लिये रात में अपने इसी रूप में छोटा सा शरीर धारण करके लंका में प्रवेश करूँगा और घरों में घुसकर जानकी जी की खोज करूँगा।

ऐसा निश्चय करके वीर वानर हनुमान सूर्यास्त की प्रतीक्षा करने लगे। सूर्यास्त हो जाने पर रात के समय उन्होंने अपने शरीर को छोटा बना लिया और उछलकर उस रमणीय लंकापुरी में प्रवेश कर गये।

11

हनुमान जी अशोकवाटिका में

हनुमान जी सीता की खोज के अपने निश्चय पर अडिग हो गये। उन्होंने प्रण कर लिया कि जब तक मैं यशस्विनी श्री रामपत्नी सीता का दर्शन न कर लूँगा तब तक इस लंकापुरी में बारम्बार उनकी खोज करता ही रहूँगा। इधर यह अशोकवाटिका दृष्टिगत हो रही है जिसके भीतर अनेक विशाल वृक्ष हैं। इस वाटिका में मैंने अभी तक अनुसंधान नहीं किया है अतः अब इसी में चलकर जनककुमारी वैदेही को ढूँढना चाहिये।

वह अशोकवाटिका चारों ओर से ऊँचे परकोटों से घिरी हुई थी। अतः वाटिका के भीतर जाने के उद्देश्य से हनुमान जी उसकी चहारदीवारी पर चढ़ गये। चहारदीवारी पर बैठे हुए उन्होंने देखा कि वहाँ साल, अशोक, निम्ब और चम्पा के वृक्ष भली-भाँति खिले हुए थे। बहुवार, नागकेसर और बन्दर के मुँह की भाँति लाल फल देने वाले आम भी पुष्प मञ्जरियों से सुशोभित हो रहे थे। अमराइयों से युक्त वे सभी वृक्ष शत-शत लताओं से आवेष्टित हो रहे थे। हनुमान जी प्रत्यञ्चा से छूटे हुए बाण के समान उछले और उन वृक्षों की वाटिका में जा पहुँचे।

वह विचित्र वाटिका स्वर्ण और रजत के समान वर्ण वाले वृक्षों द्वारा सब ओर से घिरी हुई थी और नाना प्रकार के पक्षियों के कलरव से गुंजायमान हो रही थी। भाँति-भाँति के विहंगमों और मृगसमूहों से उसकी विचित्र शोभा हो रही थी। वह विचित्र काननों से अलंकृत थी और नवोदित सूर्य के समान अरुण रंग की दिखाई देती थी। फूलों और फलों से लदे हुए नाना प्रकार के वृक्षों से व्याप्त हुई उस अशोकवाटिका का मतवाले कोकिल और भ्रमर सेवन करते थे। मृग और द्विज (पक्षी) मदमत्त हो उठते थे। मतवाले मोरों का कलनाद वहाँ निरन्तर गूँजता रहता था। वाटिका में जहाँ-तहाँ विभिन्न आकारों वाली बावड़ियाँ थीं जो उत्तम जल और मणिमय सोपानों से युक्त थीं।

जल के नीचे की फर्श स्फटिक मणि की बनी हुई थी और बावड़ियों के तटों पर तरह-तरह के विचित्र सुवर्णमय वृक्ष शोभा दे रहे थे। उनमें खिले हुए कमलों के वन, चक्रवाकों के जोड़े,

पपीहा, हंस और सारस वहाँ की शोभा बढ़ा रहे थे। उस अशोकवाटिका में विश्वकर्मा के बनाये हुए बड़े-बड़े महल और कृत्रम कानन सब ओर से उसकी शोभा बढ़ा रहे थे।

तदन्तर महाकपि हनुमान ने एक सुवर्णमयी शिंशपा (अशोक) वृक्ष देखा जो बहुत से लताविताानों और अगणित पत्तों से व्याप्त था तथा सब ओर से सुवर्णमयी वेदिकाओं से घिरा था। महान वेगशाली हनुमान जी उस अशोक वृक्ष पर यह सोचकर चढ़ गये कि मैं यहीं से श्री रामचन्द्र जी के दर्शन के लिये उत्सुक हुई विदेहनन्दिनी सीता को देखूँगा जो दुःख से आतुर हो इच्छानुसार इधर-उधर आती होंगी। यह प्रातःकाल की सन्ध्योपासना का समय है और सन्ध्याकालिक उपासना के लिये वैदेही अवश्य ही यहाँ पर पधारेंगी। ऐसा सोचते हुए महात्मा हनुमान जी नरेन्द्रपत्नी सीता के शुभागमन की प्रतीक्षा में तत्पर हो उस अशोकवृक्ष पर छिपे रहकर उस सम्पूर्ण वन पर दृष्टिपात करते रहे।

उस अशोकवाटिका में वानर-शिरोमणि हनुमान ने थोड़ी ही दूर पर एक गोलाकार ऊँचा एक हजार खंभों वाला गोलाकार प्रासाद देखा जो कैलास पर्वत के समान श्वेत वर्ण का था। उसमें मूँगे की सीढ़ियाँ बनीं थीं तथा तपाये हुए सोने की वेदियाँ बनायी गयी थीं। उनकी दृष्टि वहाँ एक सुन्दरी स्त्री पर पड़ी जो मलिन वस्त्र धारण किये राक्षसियों से घिरी हुई बैठी थी। अलंकारशून्य होने के कारण वह कमलों से रहित पुष्करिणी के समान श्रीहीन दिखाई देती थी। वह शोक से पीड़ित, दुःख से संतप्त और सर्वथा क्षीणकाय हो रही थी। उपवास से दुर्बल हुई उस दुखिया नारी के मुँह पर आँसुओं की धारा बह रही थी।

वह शोक और चिन्ता में मग्न हो दीन दशा में पड़ी हुई थी एवं निरन्तर दुःख में ही डूबी रहती थी। काली नागिन के समान कटि से नीचे तक लटकी हुई एकमात्र काली वेणी द्वारा उपलक्षित होनेवाली वह नारी बादलों के हट जाने पर नीली वनश्रेणी से घिरी हुई पृथ्वी के समान प्रतीत होती थी।

हनुमान जी ने अनुमान किया कि हो-न-हो यही सीता है। इन्हीं के वियोग में दशरथनन्दन राम व्याकुल हो रहे हैं। यह तपस्विनी ही उनके हृदय में अक्षुण्ण रूप से निवास करती हैं। इन्हीं सीता को पुनः प्राप्त करने के लिये रामचन्द्र जी ने वालि का वध कर के सुग्रीव को उनका खोया हुआ राज्य दिलाया है। इन्हीं को खोज पाने के लिये मैंने विशाल सागर को पार कर के लंका के भवन अट्टालिकाओं की खाक छानी है। इस अद्भुत सुन्दरी को प्राप्त करने के लिये रघुनाथ जी सागर पर्वतों सहित यदि सम्पूर्ण धरातल को भी उलट दें तो भी कम है। ऐसी पतिपरायणा साध्वी देवी के सम्मुख तीनों लोकों का राज्य और चौदह भुवन की सम्पदा भी तुच्छ है।

आज यह महा पतिव्रता राक्षसराज रावण के पंजों में फँस कर असह्य कष्ट भोग रही है। मुझे अब इस बात में तनिक भी सन्देह नहीं है कि यह वही सीता है जो अपने देवता तुल्य पति के प्रेम के कारण अयोध्या के सुख-वैभव का परित्याग कर के रामचन्द्र के साथ वन के कष्टों को हँस-हँस कर झेलने के लिये चली आई थीं और जिसे नाना प्रकार के दुःखों को उठा कर भी कभी वन में आने का पश्चाताप नहीं हुआ। वही सीता आज इस राक्षसी घेरे में फँस

कर अपने प्राणनाथ के वियोग में सूख-सूख कर काँटा हो गई हैं, किन्तु उन्होंने अपने सतीत्व पर किसी प्रकार की आँच नहीं आने दिया।

इसमें सन्देह नहीं, यदि इन्होंने रावण के कुत्सित प्रस्ताव को स्वीकार कर लिया होता तो आज इनकी यह दशा नहीं होती। राम के प्रति इनके मन में कितना अटल स्नेह है, यह इसी बात से सिद्ध होता है कि ये न तो अशोकवाटिका की सुरम्य शोभा को निहार रही हैं और न इन्हें घेर कर बैठी हुई निशाचरियों को। उनकी एकटक दृष्टि पृथ्वी में राम की छवि को निहार रही हों।

सीता की यह दीन दशा देख कर भावुक पवनसुत के नेत्रों से अश्रुधारा प्रवाहित हो चली। वे सुध-बुध भूल कर निरन्तर आँसू बहाने लगे। कभी वे सीता जी की दीन दशा को देखते थे और कभी रामचन्द्र जी के उदास दुःखी मुखण्डल का स्मरण करते थे। इसी विचारधारा में डूबते-उतराते रात्रि का अवसान होने और प्राची का मुखमण्डल उषा की लालिमा से सुशोभित होने लगी। तभी हनुमान को ध्यान आया कि रात्रि समाप्तप्राय हो रही है। वे चैतन्य हो कर ऐसी युक्ति पर विचार करने लगे जिससे वे सीता से मिल कर उनसे वार्तालाप करके उन तक श्री रामचन्द्र जी का सन्देश पहुँच सकें।

12

हनुमान सीता भेट

परा क्रमी हनुमान जी विचार करने लगे कि सीता का अनुसंधान करते करते मैंने गुप्तरूप से शत्रु की शक्ति का पता लगा लिया है तथा राक्षसराज रावण के प्रभाव का भी निरीक्षण भी कर लिया है। जिन सीता जी को हजारों-लाखों वानर समस्त दिशाओं में ढूँढ रहे हैं, आज उन्हें मैंने पा लिया है। ये शोक के कारण व्याकुल हो रही हैं अतः इन्हें सान्त्वना देना उचित है। परन्तु राक्षसियों की उपस्थिति में इनसे बात करना मेरे लिये ठीक नहीं होगा।

अब मेरे समक्ष समस्या यह है कि मैं अपने इस कार्य को कैसे सम्पन्न करूँ। यदि रात्रि के व्यतीत होते होते मैंने सीता जी को सान्त्वना नहीं दिया तो निःसन्देह ये सर्वथा अपने जीवन का परित्याग कर देंगी। यदि किसी कारणवश मैं सीता से न मिल सका तो मेरा सारा प्रयत्न निष्फल हो जायेगा। रामचन्द्र और सुग्रीव को सीता के यहाँ उपस्थित होने का समाचार देने से भी कोई लाभ नहीं होगा, क्योंकि इनकी दुःखद दशा को देखते हुये यह नहीं कहा जा सकता कि ये किस समय निराश हो कर अपने प्राण त्याग दें।

इसलिये उचित यही होगा कि मैं सीता जी, जिनका चित्त अपने स्वामी में ही लगा हुआ है, को श्री राम के गुण गा-गाकर सुनाऊँ जिससे उन्हें मुझ पर विश्वास हो जाये। इस प्रकार भली-भाँति विचार कर के हनुमान मन्द-मन्द मृदु स्वर में बोलने लगे, "इक्ष्वाकुओं के कुल में परमप्रतापी, तेजस्वी, यशस्वी एवं धन-धान्य समृद्ध विशाल पृथ्वी के स्वामी चक्रवर्ती महाराज दशरथ हुये हैं।

उनके ज्येष्ठ पुत्र उनसे भी अधिक तेजस्वी, परमपराक्रमी, धर्मपरायण, सर्वगुणसम्पन्न, अतीव दयानिधि श्री रामचन्द्र जी अपने पिता द्वारा की गई प्रतिज्ञा का पालन करने के लिये अपने छोटे भाई लक्ष्मण के साथ जो उतने ही वीर, पराक्रमी और भ्रातृभक्त हैं, चौदह वर्ष की वनवास की अवधि समाप्त करने के लिये अनेक वनों में भ्रमण करते हुये चित्रकूट में आकर निवास करने लगे। उनके साथ उनकी परमप्रिय पत्नी महाराज जनक की लाड़ली सीता जी भी थीं। वनों में ऋषि-मुनियों को सताने वाले राक्षसों का उन्होंने सँहार किया। लक्ष्मण ने जब दुराचारिणी शूर्पणखा के नाक-कान काट लिये तो

उसका प्रतिशोध लेने के लिये उसके भाई खर-दूषण उनसे युद्ध करने के लिये आये जिनको रामचन्द्र जी ने मार गिराया और उस जनस्थान को राक्षसविहीन कर दिया।

जब लंकापति रावण को खर-दूषण की मृत्यु का समाचार मिला तो वह अपने मित्र मारीच को ले कर छल से जानकी का हरण करने के लिये पहुँचा। मायावी मारीच ने एक स्वर्ण मृग का रूप धारण किया, जिसे देख कर जानकी जी मुग्ध हो गईं। उन्होंने राघवेन्द्र को प्रेरित कर के उस माया मृग को पकड़ कर या मार कर लाने के लिये भेजा। दुष्ट मारीच ने मरते-मरते राम के स्वर में 'हा सीते! हा लक्ष्मण!' कहा था। जानकी जी भ्रम में पड़ गईं और लक्ष्मण को राम की सुधि लेने के लिये भेजा।

लक्ष्मण के जाते ही रावण ने छल से सीता का अपहरण कर लिया। लौट कर राम ने जब सीता को न पाया तो वे वन-वन घूम कर सीता की खोज करने लगे। मार्ग में वानरराज सुग्रीव से उनकी मित्रता हुई। सुग्रीव ने अपने लाखों वानरों को दसों दिशाओं में जानकी जी को खोजने के लिये भेजा. मुझे भी आपको खोजने का काम सौंपा गया। मैं चार सौ कोस चौड़े सागर को पार कर के यहाँ पहुँचा हूँ।

श्री रामचन्द्र जी ने जानकी जी के रूप-रंग, आकृति, गुणों आदि का जैसे वर्णन किया था, उस शुभ गुणों वाली देवी को आज मैंने देख लिया है।" इतना कह कर हनुमान चुप हो गये। उनकी बातें सुनकर जनकनन्दिनी सीता को विस्मययुक्त प्रसन्नता हुई। जब उन्होंने ऊपर-नीचे तथा इधर-उधर दृष्टिपात किया तो शाखा के भीतर छिपे हुए, विद्युतपुञ्ज के सामन अत्यन्त पिंगल वर्ण वाले श्वेत वस्त्रधारी हनुमान जी पर उनकी दृष्टि पड़ी। स्वयं पर सीता जी की दृष्टि पड़ते देख कर मूँगे के समान लाल मुख वाले महातेजस्वी पवनकुमार उस अशोक वृक्ष से नीचे उतर आये।

माथे पर अञ्जलि बाँध सीता जी निकट आकर उन्होंने विनीतभाव से दीनतापूर्वक प्रणाम किया और मधुर वाणी में कहा, "हे देवि! आप कौन हैं? आपका कोमल शरीर सुन्दर वस्त्राभूषणों से सुसज्जित होने योग्य होते हुये भी आप इस प्रकार का नीरस जीवन व्यतीत कर रही हैं। आपके अश्रु भरे नेत्रों से ज्ञात होता है कि आप अत्यन्त दुःखी हैं।

आपको देख कर ऐसा प्रतीत होता है किस आप आकाशमण्डल से गिरी हुई रोहिणी हैं। आपके शोक का क्या कारण है? कहीं आपका कोई प्रियजन स्वर्ग तो नहीं सिधार गया? कहीं आप जनकनन्दिनी सीता तो नहीं हैं जिन्हें लंकापति रावण जनस्थान से चुरा लाया है? जिस प्रकार आप बार-बार ठण्डी साँसें लेकर 'हा राम! हा राम!' पुकारती हैं, उससे ऐसा अनुमान लगता है कि आप विदेहकुमारी जानकी ही हैं।

यदि आप सीता जी ही हैं तो आपका कल्याण हो। आप मुझे सही-सही बताइये, क्या मेरा यह अनुमान सही है?" हनुमान का प्रश्न सुन कर सीता बोली, "हे वानरराज! तुम्हारा अनुमान अक्षरशः सही है। मैं जनकपुरी के महाराज जनक की पुत्री, अयोध्या के चक्रवर्ती महाराज दशरथ की पुत्रवधू तथा परमतेजस्वी धर्मात्मा श्री रामचन्द्र जी की पत्नी हूँ। जब श्री रामचन्द्र जी अपने पिता की आज्ञा से वन में निवास करने के लिये आये तो मैं भी उनके साथ

वन में आ गई थी। वन से ही यह दुष्ट पापी रावण छलपूर्वक मेरा अपहरण करके मुझे यहाँ ले आया। वह मुझे निरन्तर यातनाएँ दे रहा है। आज भी वह मुझे दो मास की अवधि देकर गया है। यदि दो मास के अन्दर मेरे स्वामी ने मेरा उद्धार नहीं किया तो मैं अवश्य प्राण त्याग दूँगी। यही मेरे शोक का कारण है। अब तुम मुझे कुछ अपने विषय में बताओ।"

13

हनुमान का सीता को मुद्रिका देना

सीता के वचन सुनकर वानरशिरोमणि हनुमान जी ने उन्हें सान्त्वना देते हुए कहा, "देवि! मैं श्री रामचन्द्र का दूत हनुमान हूँ और आपके लिये सन्देश लेकर आया हूँ। विदेहनन्दिनी! श्री रामचन्द्र और लक्ष्मण सकुशल हैं और उन्होंने आपका कुशल-समाचार पूछा है। रामचन्द्र जी केवल आपके वियोग में दुःखी और शोकाकुल रहते हैं। उन्होंने मेरे द्वारा आपके पास अपना कुशल समाचार भेजा है और तेजस्वी लक्ष्मण जी ने आपके चरणों में अपना अभिवादन कहलाया है।"

पुरुषसिंह श्री राम और लक्ष्मण का समाचार सुनकर देवी सीता के सम्पूर्ण अंगों में हर्षजनित रोमाञ्च हो आया और उनका मुझ्राया हुआ हृदयकमल खिल उठा। विषादग्रस्त मुखमण्डल पर आशा की किरणें प्रदीप्त होने लगीं। इस अप्रत्याशित सुखद समाचार ने उनके मृतप्राय शरीर में नवजीवन का संचार किया। तभी अकस्मात् सीता को ध्यान आया कि राम दूत कहने वाला यह वानर कहीं स्वयं मायावी रावण ही न हो। यह सोच कर वह वृक्ष की शाखा छोड़ कर पृथ्वी पर चुपचाप बैठ गईं और बोली, "हे मायावी! तुम स्वयं रावण हो और मुझे छलने के लिये आये हो।

इस प्रकार के छल प्रपंच तुम्हें शोभा नहीं देते और न उस रावण के लिये ही ऐसा करना उचित है। और यदि तुम स्वयं रावण हो तो तुम्हारे जैसे विद्वान, शास्त्रज्ञ पण्डित के लिये तो यह कदापि शोभा नहीं देता। एक बार सन्यासी के भेष में मेरा अपहरण किया, अब एक वानर के भेष में मेरे मन का भेद जानने के लिये आये हो। धिक्कार है तुम पर और तुम्हारे पाण्डित्य पर!" यह कहते हुये सीता शोकमग्न होकर जोर-जोर से विलाप करने लगी।

सीता को अपने ऊपर सन्देह करते देख हनुमान को बहुत दुःख हुआ। वे बोले, "देवि! आपको भ्रम हुआ है। मैं रावण या उसका गुप्तचर नहीं हूँ। मैं वास्तव में आपके प्राणेश्वर राघवेन्द्र का भेजा हुआ दूत हूँ। अपने मन से सब प्रकार के संशयों का निवारण करें और विश्वास करें कि मुझसे आपके विषय में सूचना पाकर श्री रामचन्द्र जी अवश्य दुरात्मा रावण

का विनाश करके आपको इस कष्ट से मुक्ति दिलायेंगे। वह दिन दूर नहीं है जब रावण को अपने कुकर्मों का दण्ड मिलेगा और लक्ष्मण के तीक्ष्ण बाणों से लंकापुरी जल कर भस्मीभूत हो जायेगी। मैं वास्तव में श्री राम का दूत हूँ।

वे वन-वन में आपके वियोग में दुःखी होकर आपको खोजते फिर रहे हैं। मैं फिर कहता हूँ कि भरत के भ्राता श्री रामचन्द्र जी ने आपके पास अपना कुशल समाचार भेजा है और शत्रुघ्न के सहोदर भ्राता लक्ष्मण ने आपको अभिवादन कहलवाया है। हम सबके लिये यह बड़े आनन्द और सन्तोष की बात है कि राक्षसराज के फंदे में फँस कर भी आप जीवित हैं। अब वह दिन दूर नहीं है जब आप पराक्रमी राम और लक्ष्मण को सुग्रीव की असंख्य वानर सेना के साथ लंकापुरी में देखेंगीं। वानरों के स्वामी सुग्रीव रामचन्द्र जी के परम मित्र हैं। मैं उन्हीं सुग्रीव का मन्त्री हनुमान हूँ, न कि रावण या उसका गुप्तचर, जैसा कि आप मुझे समझ रही हैं।

जब रावण आपका हरण करके ला रहा था, उस समय जो वस्त्राभूषण आपने हमें देख कर फेंके थे, वे मैंने ही सँभाल कर रखे थे और मैंने ही उन्हें राघव को दिये थे। उन्हें देख कर रामचन्द्र जी वेदना से व्याकुल होकर विलाप करने लगे थे। अब भी वे आपके बिना वन में उदास और उन्मत्त होकर घूमते रहते हैं। मैं उनके दुःख का वर्णन नहीं कर सकता।"

हनुमान के इस विस्तृत कथन को सुन कर जानकी का सन्देह कुछ दूर हुआ, परन्तु अब भी वह उन पर पूर्णतया विश्वास नहीं कर पा रही थीं। वे बोलीं, "हनुमान! तुम्हारी बात सुनकर एक मन कहता है कि तुम सच कह रहे हो, मुझे तुम्हारी बात पर विश्वास कर लेना चाहिये। परन्तु मायावी रावण के छल-प्रपंच को देख कर मैं पूर्णतया आश्वस्त नहीं हो पा रही हूँ।

क्या किसी प्रकार तुम मेरे इस सन्देह को दूर कर सकते हो?" सीता जी के तर्कपूर्ण वचनों को सुन कर हनुमान ने कहा, "हे महाभागे! इस मायावी कपटपूर्ण वातावरण में रहते हुये आपका गृदय शंकालु हो गया है, इसके लिये मैं आपको दोष नहीं दे सकता; परन्तु आपको यह विश्वास दिलाने के लिये कि मैं वास्तव में श्री रामचन्द्र जी का दूत हूँ आपको एक अकाट्य प्रमाण देता हूँ। रघुनाथ जी भी यह समझते थे कि सम्भव है कि आप मुझ पर विश्वास न करें, उन्होंने अपनी यह मुद्रिका दी है। इसे आप अवश्य पहचान लेंगी।" यह कह कर हनुमान ने रामचन्द्र जी की वह मुद्रिका सीता को दे दी जिस पर राम का नाम अंकित था।

14

हनुमान का सीता को धैर्य बँधाना

पति के हाथ को सुशोभित करने वाली उस मुद्रिका को लेकर सीता जी उसे ध्यानपूर्वक देखने लगीं। उसे देखकर जानकी जी को इतनी प्रसन्नता हुई मानो स्वयं उनके पतिदेव ही उन्हें मिल गये हों। उनका लाल, सफेद और विशाल नेत्रों से युक्त मनोहर मुख हर्ष से खिल उठा, मानो चन्द्रमा राहु के ग्रण से मुक्त हो गया हो।

पूर्णरूप से सन्तुष्ट हो कर वे हनुमान के साहसपूर्ण कार्य की सराहना करती हुई बोलीं, "हे वानरश्रेष्ठ! तुम वास्तव में अत्यन्त चतुर, साहसी तथा पराक्रमी हो। जो कार्य सहस्त्रों मेधावी व्यक्ति मिल कर नहीं कर सकते, उसे तुमने अकेले कर दिखाया। तुमने दोनों रघुवंशी भ्राताओं का कुशल समाचार सुना कर मुझ मृतप्राय को नवजीवन प्रदान किया है।

हे पवनसुत! मैं समझती हूँ कि अभी मेरे दुःखों का अन्त होने में समय लगेगा। अन्यथा ऐसा क्या कारण है कि विश्वविजय का सामर्थ्य रखने वाले वे दोनों भ्राता अभी तक रावण को मारने में सफल नहीं हुये। कहीं ऐसा तो नहीं है कि दूर रहने के कारण राघवेन्द्र का मेरे प्रति प्रेम कम हो गया हो? अच्छा, यह बताओ क्या कभी अयोध्या से तीनों माताओं और मेरे दोनों देवरों का कुशल समाचार उन्हें प्राप्त होता है? क्या तेजस्वी भरत रावण का नाश करके मुझे छुड़ाने के लिये अयोध्या से सेना भेजेंगे? क्या मैं कभी अपनी आँखों से दुरात्मा रावण को राघव के बाणों से मरता देख सकूँगी? हे वीर! अयोध्या से वन के लिये चलते समय रामचन्द्र जी के मुख पर जो अटल आत्मविश्वास तथा धैर्य था, क्या अब भी वह वैसा ही है?"

सीता के इन प्रश्नों को सुन कर हनुमान बोले, "हे देवि! जब रघुनाथ जी को आपकी दशा की सूचना मुझसे प्राप्त होगी, तब वे बिना समय नष्ट किये वानरों और रिक्षों की विशाल सेना को लेकर लंकापति रावण पर आक्रमण करके उसकी इस स्वर्णपुरी को धूल में मिला देंगे और आपको इस बंधन से मुक्त करा के ले जायेंगे। आर्ये! आजकल वे आपके ध्यान में इतने निमग्न रहते हैं कि उन्हें अपने तन-बदन की भी सुधि नहीं रहती, खाना पीना तक भूल जाते हैं। उनके मुख से दिन रात 'हा सीते!' शब्द ही सुनाई देते हैं। आपके वियोग में वे रात को

"

भी नहीं सो पाते। यदि कभी नींद आ भी जाय तो 'हा सीते!' कहकर नींद में चौंक पड़ते हैं और इधर-उधर आपकी खोज करने लगते हैं। उनकी यह दशा हम लोगों से देखी नहीं जाती। हम उन्हें धैर्य बँधाने का प्रयास करते हैं, किन्तु हमें सफलता नहीं मिलती। उनकी पीड़ा बढ़ती जाती है।"

अपने प्राणनाथ की दशा का यह करुण वर्णन सुनकर जानकी के नेत्रों से अविरल अश्रुधारा बह चली। वे बोलीं, "हनुमान! तुमने जो यह कहा है कि वे मेरे अतिरिक्त किसी अन्य का ध्यान नहीं करते इससे तो मेरे स्त्री-हृदय को अपार शान्ति प्राप्त हुई है, किन्तु मेरे वियोग में तुमने उनकी जिस करुण दशा का चित्रण किया है, वह मुझे विषमिश्रित अमृत के समान लगा है और उससे मेरे हृदय को प्राणान्तक पीड़ा पहुँची है।

वानरशिरोमणे! दैव के विधान को रोकना प्राणियों के वश की बात नहीं है। यह सब विधाता का विधान है जिसने हम दोनों को एक दूसरे के विरह में तड़पने के लिये छोड़ दिया है। न जाने वह दिन कब आयेगा जब वे रावण का वध करके मुझ दुखिया को दर्शन देंगे? उनके वियोग में तड़पते हुये मुझे दस मास व्यतीत हो चुके हैं। यदि दो मास के अन्दर उन्होंने मेरा उद्धार नहीं किया तो दुष्ट रावण मुझे मृत्यु के घाट उतार देगा। वह बड़ा कामी तथा अत्याचारी है। वह वासना में इतना अंधा हो रहा है कि वह किसी की अच्छी सलाह मानने को तैयार नही होता।

उसी के भाई विभीषण की पुत्री कला मुझे बता रही थी किस उसके पिता विभषण ने रावण से अनेक बार अनुग्रह किया कि वह मुझे वापस मेरे पति के पास पहुँचा दे, परन्तु उसने उसकी एक न मानी। वह अब भी अपनी हठ पर अड़ा हुआ है। मुझे अब केवल राघव के पराक्रम पर ही विश्वास है, जिन्होंने अकेले ही खर-दूषण को उनके चौदह सहस्त्र युद्धकुशल सेनानियों सहित मार डाला था। देखें, अब वह घड़ी कब आती है जिसकी मैं व्याकुलता से प्रतीक्षा कर रही हूँ।" यह कहते युये सीता अपने नेत्रों से आँसू बहाने लगी।

सीता को विलापयुक्त वचन को सुनकर हनुमान ने उन्हें धैर्य बँधाते हुये कहा, "देवि! आप दुःखी न हों। मैं आपको विश्वास दिलाता हूँ कि मेरे पहुँचते ही प्रभु वानर सेना सहित लंका पर आक्रमण करके दुष्ट रावण का वध कर आपको मुक्त करा देंगे। मुझे तो यह लंकापति कोई असाधारण बलवान दिखाई नहीं देता। यदि आप आज्ञा दें तो मैं अभी इसी समय आपको अपनी पीठ पर बिठा कर लंका के परकोटे को फाँद कर विशाल सागर को लाँघता हुआ श्री रामचन्द्र जी के पास पहुँचा दूँ। मैं चाहूँ तो इस सम्पूर्ण लंकापुरी को रावण तथा राक्षसों सहित उठा कर राघव के चरणों में ले जाकर पटक दूँ। इनमें से किसी भी राक्षस में इतनी सामर्थ्य नहीं है कि वह मेरे मार्ग में बाधा बन कर खड़ा हो सके।

15

हनुमान का सीता को अपना विशाल रूप दिखाना

वानरश्रेष्ठ हनुमान के मुख से यह अद्भुत वचन सुनकर सीता जी ने विस्मयपूर्वक कहा, "वानरयूथपति हनुमान! तुम्हारा शरीर तो छोटा है तुम इतनी दूरी वाले मार्ग पर मुझे कैसे ले जा सकोगे? तुम्हारे इस दुःसाहस को मैं वानरोचित चपलता ही समझती हूँ।"

सीता का अपने प्रति अविश्वास हनुमान को अपना तिरस्कार सा लगा। फिर उन्होंने सोचा कि मेरी शक्ति और सामर्थ्य से अपरिचित होने के कारण ही ये ऐसा कह रही हैं अतः इन्हें यह दिखा देना ही उचित होगा कि मैं अपनी इच्छानुरूप रूप धारण कर सकता हूँ। ऐसा सोचकर वे बुद्धिमान कपिवर उस वृक्ष से नीचे कूद पड़े और सीता जी को विश्वास दिलाने के लिये बढ़ने लगे। क्षणमात्र में उनका शरीर मेरु पर्वत के समान ऊँचा हो गया।

वे प्रज्वलित अग्नि के समान तेजस्वी प्रतीत होने लगे। तत्पश्चात् पर्वत के समान विशालकाय, तामे के समान लाल मुख तथा वज्र के समान दाढ़ और नख वाले भयानक महाबली वानरवीर हनुमान विदेहनन्दिनी से बोले, "देवि! मुझमें पर्वत, वन, अट्टालिका, चहारदीवारी और नगरद्वार सहित इस लंकापुरी को रावण के साथ ही उठा ले जाने की शक्ति है। अतः हे विदेहनन्दिनी! आपकी आशंका व्यर्थ है। देवि! आप मेरे साथ चलकर लक्ष्मण सहित श्री रघुनाथ जी का शोक दूर कीजिये।"

हनुमान के आश्चर्यजनक रूप को विस्मय से देखती हुई सीता जी बोलीं, "हे पवनसुत! तुम्हारी शक्ति और सामर्थ्य में अब मुझे किसी प्रकार की शंका नहीं रही है। तुम्हारी गति वायु के समान और तेज अग्नि के समान है। किन्तु मैं तुम्हारे प्रस्ताव को स्वीकार करने में असमर्थ हूँ। मैं अपनी इच्छा से अपने पति के अतिरिक्त किसी अन्य पुरुष के शरीर का स्पर्श नहीं कर सकती। मेरे जीवन में मेरे शरीर का स्पर्श केवल एक परपुरुष ने किया है और वह दुष्ट रावण है जिसने मेरा हरण करते समय मुझे बलात् अपनी गोद में उठा लिया था। उसकी वेदना से मेरा शरीर आज तक जल रहा है। इसका प्रायश्चित तभी होगा जब राघव उस दुष्ट का वध करेंगे। इसी में मेरा प्रतिशोध और उनकी प्रतिष्ठा है।"

जानकी के मुख से ऐसे युक्तियुक्त वचन सुन कर हनुमान का हृदय गद्-गद् हो गया। वे प्रसन्न होकर बोले, "हे देवि! महान सती साध्वियों को शोभा देने वाले ऐसे शब्द आप जैसी परम पतिव्रता विदुषी ही कह सकती हैं। आपकी दशा का वर्णन मैं श्री रामचन्द्र जी से विस्तारपूर्वक करूँगा और उन्हें शीघ्र ही लंकापुरी पर आक्रमण करने के लिये प्रेरित करूँगा। अब आप मुझे कोई ऐसी निशानी दे दें जिसे मैं श्री रामचन्द्र जी को देकर आपके जीवित होने का विश्वास दिला सकूँ और उनके अधीर हृदय को धैर्य बँधा सकूँ।"

हनुमान के कहने पर सीता जी ने अपना चूड़ामणि खोलकर उन्हें देते हुये कहा, "यह चूड़ामणि तुम उन्हें दे देना। इसे देखते ही उन्हें मेरे साथ साथ मेरी माताजी और अयोध्यापति महाराज दशरथ का भी स्मरण हो आयेगा। वे इसे भली-भाँति पहचानते हैं। उन्हें मेरा कुशल समाचार देकर लक्ष्मण और वानरराज सुग्रीव को भी मेरी ओर से शुभकामनाएँ व्यक्त करना।

यहाँ मेरी जो दशा है और मेरे प्रति रावण तथा उसकी क्रूर दासियों का जो व्यवहार है, वह सब तुम अपनी आँखों से देख चुके हो, तुम समस्त विवरण रघुनाथ जी से कह देना। लक्ष्मण से कहना, मैंने तुम्हारे ऊपर अविश्वास करके जो तुम्हें अपने ज्येष्ठ भ्राता के पीछे कटुवचन कह कर भेजा था, उसका मुझे बहुत पश्चाताप है और आज मैं उसी मूर्खता का परिणाम भुगत रही हूँ। पवनसुत! और अधिक मैं क्या कहूँ, तुम स्वयं बुद्धिमान और चतुर हो। जैसा उचित प्रतीत हो वैसा कहना और करना।"

जानकी के ऐसा कहने पर दोनों हाथ जोड़ कर हनुमान उनसे विदा लेकर चल दिये।